KB272922

유가와 한자 그리고 서법

유가와 한자 그리고 서법

서권 지음

KS 한국학술정보(주)

目 次

I. 들어가는 말

필자는 오랫동안 중국의 문자인 한자와 서법 / 書法[1])이 어떤 관계가 있는지에 대하여 고민을 하여 왔다. 한자는 간단하게 그냥 상형문자 / 象形文字에 그치는 것이 아니다. 또 한자를 주요 매체 / 媒體로 하는 서법 / 書法은 또한 그냥 글씨쓰기가 아니라는 것을 조금이나마 깨닫게 되어 이 글을 쓰게 되었다.

한자는 몇 천 년을 내려오면서 유가심미사상 / 儒家審美思想의 영향을 받아왔다. 그리하여 한자와 유가심미사상은 불가분 / 不可分의 관계를 맺었다고 할 수 있다. 한자와 유가심미사상이 불가분의 관계를 맺으므로 해서 한자를 붓으로 표현하게 되는 서법도 단순한 글씨쓰기로부터 그 사람의 인격을 쓰게 되는 고상한 예술로 발전하게 되었다. 따라서 서법비평 / 書法批評에도 이른바 '서여기인 / 書如其人'이라는 거의 유일하다고 할 수 있는 각박한 심미 표준이 나타나게 되었다.

'유가심미사상'은 그 범위가 상당히 넓고 풍부한바 본문에서는 선진유가 / 先秦儒家에 그 범위를 두며 '중국서법'에 관해서는 주로 유가심미사상과 '서법예술' 사이의 관계를 밝히는데 그 범위를 두고 '서법비평'에 관해서는 '서여기인 / 書如其人' 품평기준 / 品評

---

1) 文字藝術을 中國에서는 書法, 韓國에서는 書藝, 日本에서는 書道라고 부른다고 하는 것이 一般的인 見害이다. 본문에서는 書法이라고 부른다.

基準에 대한 의논으로 '이신/貳臣'에 그 범위를 둔다.

필자가 수천 년의 유구한 역사를 가지고 있고 무수한 논자들이 이미 서법/書法 혹은 서예/書藝, 서도/書道 등등의 명제 아래 많은 연구와 논쟁을 하여 온 '서/書'에 대하여 주목하게 된 것은 아래와 같은 몇 가지 이유가 있다.

첫째 고래로부터 유가학자들은 육예/六藝(禮·樂·射·御·書·數)를 상당히 중요하게 여겼는데 그중 '서/書'는 현재 중국을 대표하는 예술로서 동방예술의 한 장르를 형성하고 있는 반면 아직까지도 그 정의가 제대로 이루어지고 있지 않다.

둘째 많은 사람들은 서법을 단순히 붓으로 글씨를 쓰는 활동인 것으로 알고 있으며 서법의 진정한 함의는 별로 이해하지 못하고 있다. 사실상, 육예/六藝 중의 '서/書'는 '말기/末技' 혹은 '소기/小技'로 유가학자들은 '도/道'에 이르는 보조적 수단에 불과한 것으로 여기고 있었다. 하지만 이러한 '말기/末技'가 그토록 시들 줄 모르고 흥성할 수 있는 원인은 도대체 어디에 있을까? 이러한 것을 밝혀내야 하는 필요성이 있다.

셋째 우리 학계에서 '서/書'에 대한 소위 '예술적 접근 자'는 많지만 철학적, 미학적 접근 자는 매우 희소한 상태에 있다. 더욱이 유가미학의 척도로써 연구에 임하는 사람은 매우 희소하다. 서법비평을 포함한 서법에 관한 많은 논문자료들을 보면 점/點·선/線·면/面과 같은 서구적/西歐的인 형식·조형의 연구에만 치중한 것을 볼 수 있다. 이렇게 되어 서법은 기법이나 조형을 위주로 하는 일종 예술에 속한다고 이해하고 있는 것이 현실이다. 이것은 서법의 예술적인 측면만을 보았을 뿐 그 속에 내포한 심오한 중국철학정신은 보지 못했기 때문이다. 그렇지만 우리가 조금만 주의 깊게 살펴본다면 역대의 서론에서는 서법의 '의 / 意'와 '상 / 象'에 그 초점을 두었지 절대로 기법에 중점을 두지 않았다는 것을 알 수 있다.

넷째 현대사회의 삶 속에서 현대인들이 당면하고 있는 여러 가지 문명사의 폐단 가운데 인간성 상실이 심각하게 거론되고 있는 현실이다. 이럴 때 서법이 가지고 있는 무한한 인본주의 정신 / 人本主義 精神은 이러한 인간성 상실을 치유 / 治癒할 수 있는 한 방편으로 될 수 있다. 왜냐하면 서법이란 한낱 기만 부리는 예술이 아니라 마음을 바르게 하고 심신을 건강하게 하는 독특한 예술형식이기 때문이다. 그리하여 "마음이 바르면 글씨도 바르다(心正則筆正)."라고 옛사람들은 말하였던 것이다.

다섯째 뿌리 깊은 유교사상의 영향 아래 '여기인 / 如其人'이란 중국특유의 심미사상이 생겨나게 되었는데 서법에 해당하는 것은 곧 '서여기인 / 書如其人'이다. 이른바 '서여기인 / 書如其人'이란 글씨는 곧 그 사람이며 그 사람은 곧 그 글씨라는 뜻으로서 사람과 글씨를 불가분의 관계로 얽매어 놓는 현상이 일어나게 되었다. 이는 '서 / 書'를 통하여 사람의 마음을 바르게 하고 사회의 화해와 발전을 도모하는 데 유익한 점도 있지만 다른 한편으로는 예술로서의 서법을 인륜과 동등시하는 유가심미사상의 폐단이며 한계이기도 하다. 이런 폐단을 해결하고 한계를 벗어나는 방법은 오직 근원을 찾아 진정한 미와 선이 무엇인지를 밝혀내는 것뿐이다.

중국의 역사는 인본주의 역사라고 하여도 과언이 아니다. 때문에 중국의 모든 것은 인본주의와 끈끈한 인연을 맺고 있다. 수천

년 전 갑골문 / 甲骨文의 탄생과 함께 고고성을 울리게 된 중국서
법예술 또한 예외가 아니다.

　본문은 인본주의 사상을 근본으로 하는 유가심미사상이 중국서
법예술에 미친 영향을 集中分析함으로써 서법예술 속에 스며 있
는 인본주의 사상 및 그로 인하여 생겨난 ‘수위심화 / 書爲心畵’,
‘심정즉필정 / 心正則筆正’ 혹은 ‘서여기인 / 書如其人’이란 견해로
부터 서품 / 書品과 인품 / 人品의 관계, 서법작품 품평기준에 대한
집중 조명을 통하여 서법에 대한 올바른 이해관 / 理解觀을 세우
려고 한다.

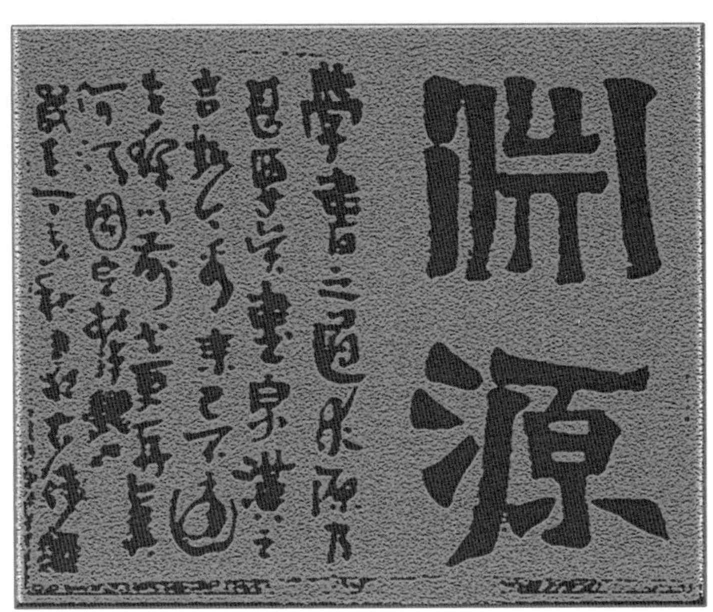

徐權－08'

Ⅱ. 유가심미사상에 대한 소고 / 小考

　　이택후/李澤厚는『미의 역정』에서 다음과 같이 공자가 중국 문화에 끼친 영향을 총결 지었다.

　　한문화/漢文化가 타 민족의 문화와 다른 까닭, 중국인이 외국인과 다른 까닭, 중화의 예술이 다른 예술과 다른 까닭, 이것은 사상적 유래를 캐어보면 역시 선진시대/先秦時代 공자의 학설까지 거슬러 올라가지 않을 수 없게 된다. 좋든 나쁘든지를 불문하고 비판적이든 계승적/繼承的이든지를 불문하고 중국민족의 성격과 문화 – 의식구조 – 에 있어서 공자가 차지하고 있는 역사적 지위는 이미 부정하기 어려운 객관적 사실이 되어 버렸다. 공자학설이 세계에서 중국문화의 대명사로 되어 버린 것도 결코 우연한 사실이 아니다.[2]

　　중국고전미학을 논할 때 주래상/周來祥은 다음과 같이 말하였다.

　　중국고전미학은 공자로부터 시작하였는데 미와 선을 결합시켜 진선/眞善하고 진미/眞美한 '소/韶' 악/樂을 악무/樂舞의 전범/典範으로 삼았다. 예악/禮樂의 통일과 정리/情理의 결합은 유가미학의 전통사상으로 지극한 덕의 광영을 떨치고 사기의 조화를 움직여서 만물의 이치를 드러낸다.[3]

---

2) 李澤厚 지음, 尹壽榮 옮김,『美의 歷程』, (동문선 1991. 2), p.164.
3) 周來祥 지음, 남석헌, 노장시 옮김,『中國古典美學』, (미진사 2003. 12), p.49.

이러한 맥락에서 유가심미사상이 중국서법에 미친 영향을 고찰하려면 반드시 '유가미학의 선구자'인 공자에게로 거슬러 올라갈 필요가 있다.

아울러 공자의 심미사상이 후세에 미친 영향을 알아볼 필요가 있는데 본문에서는 주로 맹자 / 孟子 · 순자 / 荀子 · 주역 / 周易 · 악기 / 樂記 등 경전 / 經典들에서 공자의 심미사상의 체계를 잇고 형성하는 대목을 찾아볼 것이다.

1. 공자의 미학사상

1) 인 / 仁

공자의 미학은 인학 / 仁學4)과 직접적인 관련을 이루고 있는 그의 모든 사상의 유기체적인 구성부분으로 이는 그의 사상의 핵심이다. 그것은 공자의 미학은 인학 / 仁學으로부터 심미와 문예문제를 관찰, 해결하여 얻어낸 결론이기 때문이며 미학사상 이전의 어떤 사람들보다도 더욱 첨예하고 후대에 그 영향력을 발휘할 수 있었던 것은 공자의 인학 / 仁學과 밀접한 관계가 있기 때문이다.

공자의 제자인 유자 / 有子는 『논어』의 「학이 / 學而」 편5)에서 이렇게 말했다.

---

4) 美學과 仁學: 美學은 審美보다 더 넓은 意味로 쓰이는데 美와 藝術을 對象으로 삼고 있는 學文을 일컫는 것이고 審美는 具體的으로 美를 識別하여 가늠하는 것을 가리키는 것으로 美學의 具體的인 運用이라고 할 수 있다. 때문에 본 장에서 말하려고 하는 孔子의 '仁'과 '美·善' 그리고 '文·質'과 같은 것은 孔子美學의 具體的인 審美思想인 것이다. 仁學이라 함은 孔子의 주된 思想體系를 이르는 말이다.
5) 本 章에서는 주로 孔子의 美學을 논함으로 이하 『論語』에서의 출전은 篇名만을 적기로 한다.

그 사람됨이 효도하고 공손하면서 윗사람을 범하기를 좋아하는 자가 적으니 윗사람을 범하기를 좋아하지 않고 난을 일으키기를 좋아하는 자가 있지 않을 것이다. 군자는 근본에 힘쓸 것이니 근본이 서면 도/道가 생길 것이다. 효도와 공손은 사람됨의 근본인 것이다.6)

유자/有子는 어버이를 친하게 하는 것으로부터 이를 확산하여 공자가 말한 "널리 무리를 사랑하되 어진 이를 친/親히 할 것"7) 이라는 사상과 "백성에게 널리 은덕을 베풀어서 능히 무리를 구제"8)하게 된다면 이는 곧 성인의 경지에 도달하게 되어 천하 역시 크게 다스려질 것이라고 하였다.

『논어』에서 예는 예/禮와 악/樂을 함께 말한 것까지 포함하여 모두 75번 언급하고 있지만 인/仁은 오히려 모두 109번 언급하고 있다. 이로써 보면 공자는 춘추시대의 사조/思潮를 비판하여 예를 핵심으로 하지 않고 인/仁을 핵심으로 삼았음을 알 수 있다. 또한 공자는 인/仁이 없으면 예도 말할 수 없다고 생각하였기 때문에 "사람이 인/仁하지 않으면 그 예/禮는 어떻겠는가." 라고 하였다.9)

『논어』에 나타난 '인/仁'의 의미는 아래와 같은 여러 가지 측면에서 이해할 수 있다.

---

6) 「學而」: "有子曰: 其爲人也孝弟, 而好犯上者, 鮮矣; 不好犯上, 而好作亂者, 未之有也. 君子務本, 本立而道生. 孝弟也者, 其爲人之本與?"
7) 「學而」: "子曰: 弟子入則孝, 出則弟, 謹而信, 泛愛衆, 而親仁, 行有餘力, 則以學文."
8) 「雍也」: "子貢曰: 如有博施於民, 而能濟衆, 何如? 可謂仁乎? 子曰: 何事於仁, 必也聖乎! 堯舜其猶病諸! 夫仁者己欲立而立人, 己欲達而達人. 能近取譬, 可謂仁之方也已."
9) 「八佾」, "人而不仁, 如禮何?" 최영찬 외, 『동양철학과문자학』, (아카넷 2005. 10), p.36.

첫째, 인/仁은 인간관계에서의 사랑이다. 공자 철학에서 인/仁은 활물/活物로서 도덕정감이다. 즉 맹자가 말한 측은지심/惻隱之心이며 불인인지심/不忍人之心이다.

둘째, 인/仁은 사람과 사람 사이의 조화를 실현할 수 있는 내재적인 근거이다.

셋째, 인/仁은 자신과 타인 그리고 자신과 공동체 혹은 공동체와 공동체의 대립을 지양하고 조화를 도모할 수 있는 원리이다.

넷째, 인/仁은 조화를 실현할 수 있는 방법이다. 조화는 다름이 아닌 타인에 대한 존중과 관심을 통하여 이루어져야 한다. 이 존중과 배려는 다름이 아닌 사랑의 마음, 즉 서/恕이다.[10]

'인/仁'의 의미는 이처럼 깊지만 다른 한편으로 보면 사람이 자각적인 노력을 통해 능히 도달할 수 있는 경지이기도 하다. "인/仁을 향하는 것은 자기에게 있는 것이니 어찌 남에게서 말미암을 것이냐."[11], "내가 인/仁하려고 하면 인/仁은 다다르는 것이다."[12]라고 하였으니 이는 그 심오한 '인/仁'이 본디 각 개인이 모두 갖추고 있는 내재적 요구이며 심원한 형의상학적/形而上學的 근거를 가지고 있기 때문이다.

공자는 개체(individual) 인격의 능동성과 독립성을 높이 평가하였으며 개체인격의 발전과 완성이 진정한 사회의 발전의 실현에 있어 극히 중요한 조건이라고 파악하였다. 공자미학의 가치는 종교신학/宗敎神學이라는 외재신학/外在信仰에서가 아니라 처음으로 충

---

10) 최영찬 외, 上揭書, pp.37 – 48.
11) 「顏淵」: "子曰: 克己複禮爲仁. 一日克己複禮, 天下歸仁焉. 爲仁由己, 而由人乎哉?"
12) 「述而」: "子曰: 仁遠乎哉? 我欲仁, 斯仁至矣."

분한 자각을 가지고 명확하게 인간의 내재적인 요구로부터 출발하여 심미와 예술을 고찰했다는 데에 있다.

인학/仁學을 기초로 하여 개인의 인격에 '인/仁'을 심어줌으로써 사회의 화해발전을 이룩하기 위해 공자는 '문예는 외재적인 도구가 아닌 인간의 성정/性情을 깨우치고 수양시켜 그들이 인/仁이라는 내재적인 기능에서 즐거움을 찾도록 한다.'는 것을 발견했다. 바로 이 점에서 공자의 '인학/仁學'은 그의 미학과 연결되어 있다.

徐權 – 07'

2) 미 / 美와 선 / 善13)

공자는 개인의 관능적 / 官能的 욕구를 만족시킬 필요성과 합리성을 긍정하였으며 또 한편으로는 개인의 감정, 심리에 심미와 예술이 즐거움을 감염시키는 역할을 주요하게 생각하는 동시에 이러한 역할이 군중의 화해발전으로 발전해 나갈 때에야 비로소 진정한 의의와 가치를 지니게 된다고 강조하였다. 개인의 심리욕구와 사회의 윤리규범, 이 두 가지의 융합일치가 공자미학의 가장 뚜렷한 특징이다.

인심을 감화시키는 데 있어서 예술은 사람들로 하여금 즐거이 '인 / 仁'을 향하게 하는 수단이다. 19세기 독일의 미학자인 쉴러(Schüer)는 심미와 예술은 "인간개인의 천성을 통해 전체의 의지를 실현하도록 할 수 있다."14)라고 말한 바 있다. 2천 년 전의 공자 / 孔子 역시 이 관점을 인식하고 있었다.

공자는 다음과 같이 말하였다.

> 시 / 詩로써 감흥 / 感興을 일으키고 예 / 禮로써 질서를 세우며 악 / 樂에 의해 인격을 완성한다.15)

여기서 공자는 시 / 詩와 악 / 樂을 병립시켜 인인군자 / 仁人君子를 만드는 데 필요불가결 / 必要不可缺한 조건으로 파악하였다. 한

---

13) 공자에 있어서 美는 외재적인 아름다움이고 善은 내재적인 아름다움을 말하는 것이다.
14) 「審美敎育書簡」, 『西方美學家論美和美感』, (中國, 商務印書館, 1980), p.179. 李澤厚 · 劉綱紀 / 權德周 · 由智超 · 金勝心, 『中國美學史』, (대한교과서주식회사 2001. 9), p.132.
15) 「泰伯」: "子曰: 興於詩, 立於禮, 成於樂."

사람의 인인군자 / 仁人君子가 되기 위해서 먼저 시 / 詩를 배워야 한다는 것은 시 / 詩가 고대에는 본래 일종의 정치성, 종교성, 역사성을 띤 문헌으로 단순한 예술품이 아니었기 때문이다. 시 / 詩를 학습함으로써 인인군자 / 仁人君子에게 필수적인 정치, 윤리, 역사 등의 각종 지식을 얻을 수 있었다. 우리는 공자가 말하는 '악 / 樂'에 대하여 정확하게 이해하고 넘어갈 필요가 있다. 곽말약 / 郭沫若은 이 점에 대하여 다음과 같이 지적하고 있다.

> 중국고대의 이른바 '악 / 樂'은 그 내용적인 측면에서 차지하는 영역이 매우 넓다. 음악과 시가 / 詩歌, 무용 / 舞踊은 三삼위일체 / 位一體의 존재이므로 더 이상 말할 나위도 없다. 그림과 조각, 건축 등의 조형예술도 역시 악 / 樂의 범주에 포함시키고 있으며 심지어 의장 / 儀仗과 수렵 / 狩獵, 효찬 / 肴饌 등도 모두 포함시킬 수 있는 것이다. 소위 '음악이란 곧 인간의 즐거움을 표현하는 것이다. '악자락야 / 樂者樂也.'라는 말에서 볼 때 무릇 인간을 즐겁게 하여 주며 인간의 감각기관으로 하여금 즐거움을 누리게 하여 주는 것이라면 모두 광의 / 廣義의 악 / 樂이라 부를 수 있다. 그러나 그중에서 음악을 대표적인 존재로 삼는 것은 두말 할 나위도 없는 일이다.16)

'악 / 樂'에 대한 공자의 관점에서 중국미학이 시작되었다고 하여도 과언이 아니다. 군자의 수신 / 修身은 시 / 詩의 학습에서 시작하여 최후의 완성은 악 / 樂에 있으니 이 또한 더욱 명확하게 공자가 예술에 부흥 / 賦與한 주요한 의의를 보여주고 있는 것이다. 이른바 '성어악 / 成於樂'이란 무슨 뜻인가? 여기에 대한 설명

---

16) 郭沫若, 『靑銅時代・公孫尼子與其音樂理論』, 李澤厚 / 안수영, 上揭書, p.169.

을 공자는 아래와 같이 하고 있다.

> 자로/子路가 성인/成人에 대해 물었다. 공자께서 말씀하시기를 '장무중/藏武仲의 지혜와 공작/公綽의 탐욕하지 아니함과 변장자/卞莊子의 용맹과 염구/冉求의 재예/才藝에 예/禮와 악/樂을 겸비하면 또한 성인/成人이 될 것이라고 답하셨다.[17]

소위 "예/禮와 악/樂을 겸비한다."라고 한 것은 공안국/孔安國의 주해/註解에서 말한 "이에 예/禮와 악/樂을 더하는 것으로 文을 이룬다."고 하는 뜻과 다름이 없다. 이것은 군자의 수신/修身에 있어서 예/禮와 악/樂을 학습하지 않으면 완전한 인간이 될 수 없음을 말하는 것이다. 이는 공자가 말한 '성어악/成於樂'에 대한 說明으로 악/樂의 학습을 통해 하나의 완전한 인간이 만들어짐을 말한다.

공자는 악/樂이야말로 인간의 성정/性情을 변화시켜 사람의 심령을 감화시킴으로써 자각적인 이/理를 받아들여 인/仁의 길을 갈 수 있다고 생각했다. 실제로 음악을 감상할 때 공자는 순전히 심미적인 면으로부터 음악의 특징을 파악하고 있으며 내용은 전혀 연관시키지 않았다. 『논어』에 이런 이야기가 있다.

> 공자가 제/齊나라에 머무를 때 소/韶라는 음악을 석 달이나 듣고 배움에 고기 맛까지 잃었다. 그가 말하기를 "음악이 이렇게까지 훌륭한 경지에 이르리라고는 생각도 못했다."[18]

---

17) 「憲問」: 子路問成人. 子曰: "若藏武仲之知, 公綽之不欲, 卞莊子之勇, 冉求之藝, 文之以禮樂, 亦可以爲成人矣."
18) 「述而」: 子在齊聞'韶', 三月不知肉味, 曰: "不圖爲樂之至於斯也!"

이는 한편으로 음악과 고기 맛이 모두 마찬가지로 감성적인 즐거움으로 비교될 수 있다는 것을 설명하며 또 한편으로는 음악이라는 이러한 감성적 즐거움이 정신적인 심미성을 가지고 있으므로 말미암아 순수하게 입과 배를 만족시켜 주는 감성적 즐거움인 고기 맛으로 하여금 아무런 맛도 없는 것으로 변화되게 하였다는 것을 설명한다.

아울러 공자는 개체(individual)가 심미에 있어서 획득한 감성의 정신적인 즐거움이 사회윤리도덕의 요구와 모순됨을 알았다. 그리하여 공자는 그러한 모순을 해결할 수 있는 중요한 사상적 근거를 제시하였는데 그 점은 『논어』의 아래와 같은 이야기를 통하여 알 수 있다.

공자께서 순왕 / 舜王의 음악 '소 / 韶'를 평해 말씀하시기를 "진미 / 眞美하고 또 진선 / 眞善하다."라고 하셨다. 무왕 / 武王의 음악 '무 / 武'를 듣고 평해 말씀하시기를 "진미 / 眞美하나 진선 / 眞善하지는 못하다."라고 하셨다.19)

공자는 미 / 美를 배척하거나 선 / 善을 멀리하지 않았으며 '진미 / 眞美'와 '진선 / 眞善'을 요구하여 미 / 美와 선 / 善으로 하여금 완전히 통일되게 할 것을 주장하였다. 공자는 미와 선의 모순을 발견함으로 말미암아 선으로써 미를 부정하는 협애한 공리주의(예를 들면 묵가 / 墨家)를 면하였으며 현실사회의 윤리도덕의 제약을 벗어나 절대적인 자유와 미를 추구하지 않았으니 이는 미와 선의 모순이라는 중대한 문제를 해결하는 데 있어서의 공자의 뛰어난

---

19)「八佾」: "子謂「韶」, 盡美矣, 又盡善也. 謂「武」, 盡美矣, 未盡善也."

점이다. 공자가 '소 / 韶'와 '무 / 武' 악 / 樂에 관해 서로 다른 두 가지 평가를 한 까닭은 바로 '소 / 韶' 악 / 樂은 요 / 堯·순 / 舜 임금이 성덕 / 聖德으로써 양위 / 讓位를 선양 / 禪讓받은 것을 표현했기 때문에 진선 / 眞善한 것이며 '무 / 武'라고 하는 악 / 樂은 무왕 / 武王이 무력으로 정벌하여 천하를 취한 것을 표현했기 때문에 진선 / 眞善하지 못한 것이라는 데에 있다.

'진선 / 眞善'하지 못한 것도 역시 '진미 / 眞美'할 수 있다고 인식한 것은 공자가 미는 선과 구별되는 특징을 가지고 있으며 미와 선은 같은 것이 아니라고 보았다는 것을 명확하게 설명한다. 이것은 공자가 선의 관점에서 보면 결코 충분하지 않은 것도 미의 관점에서 보면 도리어 완전무결한 것일 수도 있으니 독립적인 존재의 가치와 지위가 있는 것이라는 것을 주장한 것이다.

공자가 인식하는 미와 선의 차이점은 무엇인가? 공자가 음악의 미에 대한 감상으로 보면 그것이 가리키는 것은 곧 사물이 가지고 있는 능히 인간에게 심미의 감성으로써 즐거움과 혜택을 줄 수 있는 형식특징, 즉 예를 들면 소리의 우렁참, 성대함, 조화, 절주의 선명함 등을 말한다. 이는 공자의 "여야 / 如也"로써 음악을 형상화한 대목에서도 잘 드러나 있다.

'서자 / 書者, 여야 / 如也'[20)와 같은 후세 사람들이 쓰기 좋아하는 '여야 / 如也'는 사실상 공자가 즐겨 사용하던 말이었다. 『논어』를 살펴보면 '여야 / 如也'가 자주 등장하는데 주로 공자가 사물에 대한 형상적인 묘사를 할 때 쓰였다는 것을 알 수 있다. 즉 '여야 /

---

20) 東漢·許愼, 『說文解字·序』; 淸·劉熙載, 『書槪』, "書, 如也." 이하 『說文解字』를 『說文』이라고 칭함. 본문의 『說文』은 (中華書局, 1999. 12)를 주요 참고자료로 하였음.

如也’는 공자의 심미관을 나타내는 하나의 측면이기도 하다. 아래에 그가 ‘여야/如也’를 사용하여 ‘악/樂’을 논한 것을 보기 위하여 원문 그대로 인용한다.

> 子語魯大師樂曰: “樂其可知也. 始作, 翕如也; 從之, 純如也, 皦如也, 繹如也, 以成.”21)

위의 문장에서 우리는 공자가 악기로 음악을 연주할 때의 정경을 눈앞에 보는 듯이 그려 내었다는 것을 알 수 있다.

첫째 ‘흡여야/翕如也’는 음악연주를 시작할 때 “수많은 새가 일제히 하늘로 날아 올라가듯”이 갖가지 악기가 동시에 합주를 시작한다는 것을 형상화한 것이다.

둘째, ‘순여야/純如也’는 그렇듯 갖가지 악기가 어우러져 합주를 하지만 “하나도 흐트러짐이 없이 맑고 깨끗함”을 형상화한 것이다.

셋째, 또 그런가 하면 서로 다른 음을 가진 갖가지 악기가 합주를 하지만 주선율은 “석옥/玉石처럼 밝고 또렷하다.”는 의미에서 ‘교여야/皦如也’란 말로 형용하였다.

넷째, 그리고 마침내 많은 갖가지 악기들이 자기 나름대로의 최선을 다하여 아름다운 소리를 냄으로써 거침없는 악장/樂章이 이루어졌으니 ‘역여야/繹如也’로 형용하였다.

이 네 가지는 사실상 오늘날 우리가 말하는 시/詩나 음악과 같

---

21) 東洋古典硏究會, 『論語』, 知識産業社, 2004. 4, p.46: 선생님께서 노나라 太師에게 음악에 대해 말했다: “음악은 알 수 있으니 처음 연주를 시작할 때는 갖가지 악기의 소리가 일제히 나온다. 그 소리를 풀어 놓으면 서로 어우러지고 음절이 도렷한 듯하며 그침 없이 이어져 연주가 이루어진다.”

은 문학예술작품을 구성하는 기/起·승/承·전/轉·결/結의 관계와 다름이 없는데 공자가 최초로 언급한 것이라고 생각된다.

원래 악곡의 연주는 이렇게 기/起·승/承·전/轉·결/結의 네 악장으로 완성되는 것이었다. 여기서 주의해야 할 것은 공자는 순전히 심미적인 면으로부터 음악의 특징을 파악하고 있으며 내용은 전혀 연관시키지 않았다는 데에 있다. 즉 공자의 음악적 심미관은 악기의 연주형식에 귀를 기울였을 뿐이지 그 내용에는 아무런 관심이 없었다는 것이다. 다시 말하면 음악을 감상함에 있어서 공자는 '미/美'에 많은 관심을 두었고 실제로 '선/善'에는 전혀 관심을 두지 않았다.

이처럼 공자는 음악의 미/美를 충분히 긍정하였으며 단지 그것이 근본적으로 미/美와 모순되는 것이 아닌, 설사 여전히 '진선/眞善'하지 못하더라도 그것의 의의와 가치를 잃을 수 없다는 것을 잘 알고 있었다.

공자는 "진선/眞善하며 또 진미/眞美하다."는 것을 제시하여 그가 추구하는 가장 숭고한 이상으로 삼았다. 이러한 이상적인 미/美는 역시 단순하게 선/善에 복종하거나 선/善에 예속되는 것이 아니며 '진선/眞善'이 곧 '진미/眞美'와 같다거나 혹은 '진선/眞善'하기만 하면 미/美가 이상적인 수준에 도달했는지의 여부는 별 관계가 없다는 것이 아니다. 반대로 미/美와 선/善 두 가지가 모두 다 지극해야만 이상적인 수준에 도달할 수 있다는 것을 말해 주고 있다. 『논어』에는 또 이런 말이 있다.

사람이 어질지 못하면 음악은 무엇을 할 것인가?22)

이는 사람이 만일 인도 / 仁道를 향하지 못하면 소위 '악 / 樂'이
라는 것도 역시 아무런 의미가 없다는 것이다. '악 / 樂'은 '인 /
仁'의 표현이며 그것이 '仁'을 표현할 때에야 비로소 가치가 있다
고 인식하였으니 이는 바로 공자 및 후세 유가심미사상의 근본이
되는 것이다.

주희 / 朱熹는 공자가 '소 / 韶'악과 '무 / 武'악에 대해 서로 다른
평가를 한 것을 평하여 말하기를 "미란 것은 목소리와 용모가 풍
성한 것이며 선이란 것은 미의 실질이다."23)라고 하였는데 이런
것은 공자의 사상에 부합되는 것이다.

그러나 공자 및 주희 / 朱熹 이후의 정통유가라고 자처하는 사
람들은 이와 다르다. 공자는 비록 선으로써 미의 내용 혹은 근본
으로 삼았으나 선의 표현 형식인 미의 모종의 상대적인 독립성
및 선과는 다른 어떤 중요성을 경시하거나 부정하지 않았다.

3) 문 / 文과 질 / 質

'진선 / 眞善·진미 / 眞美'와 쌍벽 / 雙璧을 이루는 공자의 또 다
른 심미사상은 '문질빈빈 / 文質彬彬'이다. 공자는 '문 / 文'과 '질 /
質'이 조화를 이룰 것을 요구하여 군자가 마땅히 갖춰야 할 아름
다움이 어떤 것인가를 제시하였는데 이는 곧 그의 미학사상과 연
관되는 것이다. 그는 다음과 같이 말했다.

---

22) 「八佾」: "子曰: 人而不仁, 如禮何? 人而不仁, 如樂何?"
23) 「八佾·朱子注」: "美爲容貌豊盛, 善爲美之實質."

질/質이 문/文을 압도하면 야비하고 문/文이 질/質을 압도하면 형식에 흐른다. 문/文과 질/質이 섞여서 조화(文質彬彬)를 이룬 연후라야 군자이다.24)

이 말은 원래 군자의 수양에 대하여 말한 것이지만 그중에는 분명히 공자의 미에 대한 관점이 포함되어 있으며 따라서 '진선진미'와 같이 중요한 심미사상이라고 할 수 있다.

『논어』에 있어서 문/文이라는 개념은 매우 광범위하고 다양하다.25) 그러나 사회 혹은 개인의 수양을 막론하고 모두 명확하게 감성형식미/感性形式美의 의의를 내포하고 있다. '군자' 개인의 수양으로부터 말할진대 공자의 '문/文'은 먼저 고대의 전적/典籍을 말하는 것이며 따라서 '문/文'은 '학/學'과 함께 결부되는 것이다.

공자가 말하는 "군자는 문/文에 박/博해야 한다."는 말에서의 '문/文'은 곧 학습을 통하여서만 비로소 능히 섭취할 수 있는 고대의 전적/典籍을 가리킨다. 그리고 이러한 전적/典籍 중에는 또 공자가 매우 중시한 문화와 심미의 가치를 지니고 있는 『시경/詩經』이 포함된다. '문/文'의 학습은 곧 심미를 포함하는 전체 문화교양의 향상이다.

사마광/司馬光이 말하기를 "옛날 소위 문/文이라는 것은 곧 시서예악/詩書禮樂의 문/文이고 행동거지의 모습이며 아송/雅

---

24) 「雍也」: "子曰: 質勝文則野, 文勝質則史, 文質彬彬, 然後君子."
25) 文字學적으로 놓고 보면 文은 곧 紋의 初文이다. '文'이 禮로 드러날 때 곧 '紋'과 다름이 없고 經典의 의미로 쓰일 때는 곧 文과 다름이 없다. 하지만 본문에서는 文으로 통일하여 쓰기로 한다.

頌을 연주하는 소리이다."26)라고 하였으니 대체로 공자가 말한 '군자'의 수양과 관계가 있는 '문/文'의 각 방면을 개괄한 것이며 이런 면에서 모두 심미와 관련이 있는 것이다. 그러므로 공자의 안목에서 볼 때 '문/文'은 '미/美'를 포함하는 것이며 '문/文'이 없으면 곧 '미/美'도 없는 것이다.

'문/文'과 상대되는 '질/質'은 또 무엇인가? 여기에 대한 공자의 해답을 보면 아래와 같다.

> 군자는 의/義를 바탕으로 삼고 예/禮에 따라 그것을 행하며 겸손한 태도를 가지고 그것을 말하고 신의를 가지고 그것을 성취시킨다.27)

> 무릇 통달했다는 것은 질박, 정직하고 정의를 좋아하는 것이다.28)

상기와 같은 말로부터 알 수 있는 것은 공자가 말하는 '질/質'은 사람에게 내재되어 있는 고유의 확고한 품성을 가리킨다. 이로 인해서 공자는 "질/質이 문/文을 압도하면 야비한 사람이다."라고 인식하였으니 곧 '군자'가 단지 '질/質'만 가지고 있으면 쓸모가 없으며 반드시 '문/文'의 형식수양이 있어야 한다고 생각하였다.

"질/質이 문/文을 압도하면 야비하다."라는 견해는 공자가 심미적인 문화교양이 결핍된 사람은 결국 조잡해지고 야비해진다고

---

26) 李澤厚・劉綱紀 / 權德周・由智超・金勝心, 上揭書, p.162.
27) 「衛靈公」: "子曰: 君子義以爲質, 禮以行之, 孫以出之, 信以成之, 君子哉!"
28) 「顔淵」: 子張問: "士何如斯可謂之達矣?" 子曰: "何哉, 爾所謂達者?" 子張對曰: "在邦必聞,在家必聞." 子曰: "是聞也, 非達也. 夫達也者, 質直而好義, 察言而觀色, 慮以下人. 在邦必達, 在家必達. 夫聞也者, 色取仁而行違, 居之不疑. 在邦必聞, 在家必聞."

인식하였음을 설명한다. 공자가 보기에 사람이 사람으로 되는 본질은 마땅히 교양이 있는 미적 형식에 표현된다고 생각한 것이다.

'문／文'은 중요한 것이며 또 부정할 수 없는 것이다. 그러나 다른 한편으로 공자는 또 "문／文이 질／質을 압도하면 곧 형식에 흐른다(文勝質則史)."라고 지적하였다. 여기서 말하는 '사／史'는 고문자／古文字에 있어서 '지／志', '시／詩'와 서로 통하며 뜻이 넓어져서 '헛되이 겉만 화려하고 실질됨이 없다.', '꾸밈이 많고 실질됨이 적다.'[29)]는 뜻이 있다.

공자는 사람이 사람으로 되는 까닭의 가장 기본적인 것, 곧 사회성의 이성이 감성형식의 미를 추구하는 것에서 벗어나는 것을 반대하였으며 이는 반드시 사회의 실질과 내용을 갖추고 감성 중에 마땅히 이성이 있어야 할 것을 요구하였다.

공자는 인／仁을 미／美의 내용과 실질로 삼았으니 비록 역사적인 한계를 극복하지는 못했지만 미의 내용과 실질을 인간의 사회생활, 정신, 도덕, 품격과 연관시켜서 미로써 인간의 내용을 부여하였다. 이는 단순하게 사물의 속성 특징으로부터 미를 찾는 이론과 비교할 때보다 정확하고 심오한 것이다. 아울러서 이보다 더 소박한 심미관점은 예나 지금이나 더 이상 찾아볼 수 없을 정도이다.

'문／文'과 '질／質'이 잘 섞여서 조화를 이룬 '군자'는 결국 고도의 심미와 문화교양을 갖춘 사람인 동시에 그의 이러한 심미와 문화의 교양은 바로 그의 내재된 고상한 도덕품격이 완벽하게 체

---

29) 李澤厚・劉綱紀／權德周・由智超・金勝心, 上揭書, p.162.

현된 것이다.『논어』에는 공자의 제자 자공 / 子貢과 그 당시의 사상가인 극자성 / 棘子成의 대화가 실려 있으니 아래와 같다.

> 극자성 / 棘子成이 묻기를 "군자는 질 / 質하면 되었지 문 / 文해서
> 무엇하는가?" 자공 / 子貢이 말하기를 "애석합니다. 그대의 견해는
> 군자다우나 네 마리의 말이 끄는 수레도 그대의 혀를 따르지 못
> 합니다. 문 / 文도 질 / 質과 같이 중요하며 질 / 質 또한 문 / 文만큼
> 중요한 것입니다. 범이나 표범의 털 뽑은 후 가죽은 개나 양의
> 털 뽑은 가죽과 마찬가지로 보이는 것입니다."30)

극자성 / 棘子成의 뜻은 군자는 내재적인 미 / 美, 즉 질 / 質만 있으면 되지 하필 외재적인 아름다움까지 갖출 필요가 있는가 하는 의문이다. 이것은 경솔한 태도로서 공자의 제자 자공 / 子貢은 이를 지적하여 털이 없는 범이나 표범의 가죽은 털이 없는 개나 양의 가죽과 같은 것으로 사물의 외재적인 형식미가 부인할 수 없는 가치가 있음을 말한 것이다.

똑같은 내용을 서로 다른 아름다운 형식을 통하여 표현할 수 있으며 반대로 아름답지 않고 조잡한 형식을 통해서도 능히 표현해 낼 수 있는 것이다. 하지만 양자의 가치는 판이한 것이다.

미학적으로 놓고 볼 때 이 명제의 의의는 몇몇 사람이 말하는 것처럼 미는 내용과 형식의 통일임을 지적할 뿐만 아니라 미를 인류의 사회생활과 서로 관련짓고 미의 내용을 인간의 존재와 서로 관련 있는 것으로 규정한 데 있으며 또 인간의 존재는 인류의

---

30)「顔淵」: 棘子成曰: "君子質而已矣, 何以文爲?" 子貢曰: "惜乎, 夫子之說君子也, 駟不及舌. 文猶質也, 質猶文也. 虎豹之鞹猶犬羊之鞹."

존엄, 교양, 지혜, 재능과 서로 어울리는 감성형식에 표현되는 것
이며 결코 조잡하고 거칠며 촌스럽거나 혹은 텅 비어 공허한 형
식에 표현되는 것이 아니라고 생각하였다. 추상적으로 말하면 공
자가 이해한 미는 독자적으로 존재하는 것이 아니라 인류문명의
발전과 서로 어울리는 형식에 완전하게 실현되는 것이다. 외재적
인 형식이 인류의 존엄, 교양, 지혜, 재능을 잘 드러내는바 능히
인간의 정신적 즐거움을 이끌어 내어 내재적인 선의 긍정과 실현
을 이루어 낼 때 이는 바로 공자가 이해한 미인 것이다.

徐權 – 05'

4) ‘시언지 / 詩言志’와 ‘유어예 / 游於藝’

(1) ‘시언지 / 詩言志’

공자의 ‘시언지 / 詩言志’를 말하기 전에 우리가 이때까지 논의하여 왔던 미가 무엇인가를 알아야 한다.[31] 애석한 것은 ‘미’에 대한 해석은 일반적으로 후한 / 後漢의 허신 / 許愼의 『설문 / 說文』에 의거하는데 허신 / 許愼은 “양대즉미 / 羊大則美”라고 해석하였다. 이택후 / 李澤厚는 허신 / 許愼이 『설문 / 說文』에서 ‘미’는 감미 / 甘美는 해석과 함께 다음과 같이 풀이하였다.

> 인류의 심미의식발전의 역사에서 보면 최초의 실용공리 / 實用公利·道德上의 선 / 善과 서로 다른 미 / 美에 대한 느낌은 맛·소리·색깔이 유발하는 쾌적함과 떼어 놓을 수 없다. 그중에서 미각의 쾌감은 후에 엄격한 의미의 미감 속에는 포함되지 않게 되었지만 처음에는 오히려 인류의 심미의식발전과 서로 밀접한 관련이 있었다. 이는 자원학 / 字源學상으로도 분명히 알 수 있다. 이를테면 독일어의 Geschmak이란 말은 심미·감상의 의미를 지니고 있을 뿐만 아니라 맛·냄새의 의미도 갖고 있다. 영어의 taste란 말도 마찬가지다. ……중국에서는 ‘미’란 글자가 또한 미각적 쾌감과 함께 관련되는 것이다. 서한 / 西漢 이후 중국의 문예이론비평의 많은 저작들 이를테면 종영 / 鐘嶸과 사공도 / 司空圖의 시가 / 詩歌에 관한 저작은 항상 ‘미 / 味’를 예술감상과 관련시켰다. ‘미 / 味’가 이처럼 인류초기의 심미의식의 발전과 밀접한 관계가 있고 아울러 이후에도 계속 영향을 끼친 것은 결코 우연한 일이 아니다.

---

31) ‘游於藝’와 ‘美’에 대한 定義는 주로 李澤厚의 『華夏美學』에 근거하였다. 이택후는 許愼의 『설문』에 근거하여 ‘美’에 대한 해석을 하였는데 이는 갑골문이 나오기 전 小篆에 의거한 것이므로 初意는 아니다. 李澤厚 / 權瑚, 『華夏美學』, (同文選文藝新書 21, 1994).

근본적인 원인은 미각 / 味覺의 쾌감 중에 이미 미감의 맹아가 포
함되어 있고 미감이 지니고 있는 얼마간의 과학적인 인식 或은
도덕적 판단과는 다른 중요한 특징을 보여준다는 데에 있다.
첫째, 미각적 / 味覺的 쾌감은 직접 혹은 직각적인 것이며 이지적
인 사고가 아니다. 둘째, 그것은 공리를 초월하여 욕망을 만족시
키는 특징을 지니고 있으며 단지 배를 채우기를 요구하는 것뿐만
은 아니다. 셋째 그것은 개체의 애호와 흥미와 밀접한 관계가 있
다. 이러한 원인들은 인류로 하여금 최초의 미각적 쾌감 중의 감
수 중에서 느끼는 일종의 과학적 인식, 실용공리의 만족 및 도덕
적 고려 / 考慮와는 매우 다른 것으로 느끼게 하여 '미 / 美'와 '미
/ 味'를 하나로 연계시킨다.32)

실제로 공자 · 맹자 · 순자 등 중국 고대철학자들은 보통 미 / 味 ·
색 / 色 · 성 / 聲을 하나로 연계시켜 사람들이 즐기는 것에 대해 말
하였다.

공자께서는 제 / 齊나라에서 「소 / 韶」음악을 듣고 배우신 석 달 동
안 고기 맛을 알지 못하시고 말씀하시기를 "음악이 이러한 경지
에까지 이를 줄은 생각지 못했다."고 하셨다.33)

입이 맛에 대해서는 다 같이 좋아하는 것이 있고 귀가 소리에 대
해서는 다 같이 듣기 좋아함이 있으며 눈이 色에 대해서는 다 같
이 아름답게 여기는 것이 있다.34)
그러므로 사람의 本性은 입은 맛 좋은 것을 좋아하는데 냄새가
가장 좋은 맛이고 귀는 좋은 소리를 좋아하는데 음악이 가장 좋
은 소리이며 눈은 아름다운 색 / 色을 좋아하는데 화려하게 치장
한 부녀자 / 婦女子가 가장 좋은 색 / 色이다.35)

---

32) 李澤厚 / 權瑚, 上揭書, p.15.
33) 「術而」: "子在齊聞韶三月不知肉味曰不圖爲樂之至於斯也."
34) 『孟子』告子上: "口之於味也有同嗜焉耳之於聲也有同聽焉目之於色也有同美焉."

여기에 대한 이택후/李澤厚의 설명은 다음과 같다. 설령 여기에 많은 혼잡함, 이를테면 생리적 욕구·사회의식과 심미적 유열/愉悅이 함께 혼잡되어 있다 하여도 매우 분명한 것은 이것은 곧 중국의 옛사람들이 말한 미/美의 대상과 심미적 체득은 감성을 떠나지 않는다는 것이다. 미적 감성의 본질적 특징에 항상 주의해야 하나 그것을 순추상적/純抽象的 사변/思辨의 범주 혹은 이성관념/理性觀念의 아래에 귀결시키거나 종속시켜서는 안 된다. 하지만 다른 한 면으로는 이러한 즐거움에 대한 긍정은 주신형/酒神型의 방탕이 아니라 항상 규정·제도·예의로써 인도하고 규범 짓고 만들고 세울 것을 요구하였던 것이다. 유가에서의 소위 "감정에서 출발하여 예의에서 멈춘다."36)는 것은 여기에서 유래한 것이며 마침내 후세 유가미학의 하나의 근본주제를 구성한다. 이 주제는 또 원시토템 주술/呪術 활동의 발전을 통하여 '예/禮', '악/樂'이 된 후에 비로소 이론적으로 두드러지고 명확해졌다.37)

'예악'전통에 근거하면 '음악'은 원래 '예/禮'와 병행되는 사회정치질서를 공고히 하는 수단으로서 "교화를 이루고 인륜을 돕는다."는 요구에 부합되어야 하는 것이었다. 『예기/樂記』 중에서의 '음악'은 반드시 윤리규범에 이바지하여야 한다는 이론이었으며 『시대서/詩大序』에서도 그와 마찬가지로 아래와 같이 나타나고 있다.

---

35) 『荀子』 王霸: "故人之情口好味而臭味莫美焉耳好聲而聲樂莫大焉目好色而文章之繁婦女莫衆焉."
36) 『毛詩大序』: "發乎情止乎禮義.", 李澤厚 / 權瑚, 上揭書, p.19.
37) 李澤厚 / 權瑚, 上揭書, pp.19 - 20.

시 / 詩는 뜻이 가는 바이다. 마음에 있으면 지 / 志요, 말로 발 / 發
하면 시 / 詩가 되는 것이다. 정 / 情은 마음속에서 움직여 말로 나
타나니 말이 不足하기 때문에 감탄하게 되고 감탄이 부족하기 때
문에 노래로 하고 노래가 부족하면 자신도 모르게 손으로 덩실거
리고 껑충거리게 되는 것이다. 정 / 情은 소리로 발 / 發하고 소리
에 무늬가 있으면 이를 음 / 音이라고 이른다. 잘 다스려지는 시대
의 음악은 편안하니 즐거운 것은 그 정치가 평화롭기 때문이고
어지러운 시대의 음악은 원망하니 원망이 있는 까닭은 정치가 어
긋났기 때문이며 망한 나라의 음악은 슬프니 우울한 것은 그 백성
이 곤궁하기 때문이다. 따라서 옳고 그름을 바로잡고 천지를 움직
이며 귀신을 감동시키는 데는 시 / 詩보다 가까운 것이 없다.[38]

‘시언지 / 詩言志’는 본래 『상서 / 尙書』에 보이는 말로 시 / 詩에
대한 가장 유명하면서도 제일 오래된 규정이라고 할 수 있다. 그
렇다면 ‘시언지 / 詩言志’는 어떤 의미를 가지고 있을까? 어떤 사
람은 ‘시언지 / 詩言志’가 말하는 것은 곧 작가의 뜻(志)이라고 생
각하였고 어떤 사람은 ‘시언지 / 詩言志’가 주로 시 / 詩를 빌려 뜻
을 말하는 것으로 말하는 것은 작가의 뜻도 아니고 원시 / 原詩의
뜻도 아닌 인용자 / 引用者의 뜻이라고도 생각하였다. 또 어떤 사
람은 ‘시언지 / 詩言志’의 ‘지 / 志’가 “도를 싣는 것(載道)”이라고
여기는 등등 주장들이 서로 엇갈렸다. 이택후 / 李澤厚는 맨 마지
막 주장에 찬성하여 ‘시언지 / 詩言志’라는 것은 곧 ‘재도 / 載道’와
‘기사 / 記事’라고 하였다. 다시 말해서 먼 옛날의 ‘시 / 詩’는 본래
일종의 씨족·부족·국가의 역사성·정치성·종교성의 문헌으로

---

38) 『毛詩大序』: "詩者, 志之所之也, 在心爲志, 發言爲詩. 情動於中而形於言, 言之不足
故嗟歎之, 嗟歎之不足故永歌之, 永歌之不足, 不知手之舞之足之蹈之也. 情發於聲,
聲成文謂之音. 治世之音安以樂, 其政和; 亂世之音怨以怒, 其政乖; 亡國之音哀以思,
其民困. 故正得失, 動天地, 感鬼神,莫近於詩." 李澤厚 / 權瑚, 上揭書, p.47.

결코 개인의 서정작품이 아니었다고 해석하였다.[39]

　시/詩는 한마디로 '뜻을 말하는 것(言志)'으로써 '도/道'를 싣고 있는 것이다. 하지만 대대로 사대부 지식인들이 항상 윤리규범의 적극적인 지지자·옹호자였기 때문에 대체로 시문재도/詩文載道를 찬성 혹은 주장하기는 하였으나 사회생활의 발전은 전통적 윤리 규범으로 하여금 결국은 정감의 요구와 변화를 막을 수 없게 하였다. 따라서 시/詩와 또 다른 형식의 사/詞·회화/繪畵·필묵의취/筆墨意趣 등 '재도/載道'와 비교적 관계가 먼 각종 예술형식은 곧 규범의 속박으로부터 벗어나 진정으로 개체가 정감을 표현하는 예술형식으로 될 수 있었던 것이다.[40]

---

39) 李澤厚 / 權瑚, 上揭書, p.49.
40) 李澤厚 / 權瑚, 上揭書, p.53.

徐權 08'

(2) '유어예 / 游於藝'

'성어예 / 成於樂' 이외에 공자는 또 '유어예 / 游於藝'에 관해 말하였는데 다음과 같다.

> 도에 뜻을 두며 덕에 근거하고 어진 것에 의지하며 예 / 藝에서 노닐어야 한다.[41)]

이는 군자가 마땅히 어떻게 자신을 하나의 완전한 사람으로 이루어 내는가에 관한 말이다. 공자에 따르면 먼저 도를 배우는 것을 그 지향 / 志向하는 바로 삼아 그 다음 덕에 따라야 하며 그 다음으로 인 / 仁에 의지하며 마지막으로 각종 예 / 藝에 관한 일을 두루 돌아보고 관찰하여야 한다는 것이다. 공자가 말하는 '유어예 / 游於藝'의 '예 / 藝'는 후세에서 말하는 '예술'과 동일하지는 않지만 그 당시와 후세에서 말하는 예술을 그 안에 포함하고 있으며 주요한 것은 물질적 기교를 숙련, 파악한다는 측면에서 강조하고 있다는 것이다.

군자는 도에 뜻을 두고 덕과 인 / 仁에 의거하여야 하는 것 외에 공자는 '유어예 / 游於藝'를 강조하고 있으니 이것은 각종 기예를 익히는 것뿐만 아니라 이러한 기능의 숙련가운데 얻게 되는 자유로운 감각을 가리키는 것으로 이것은 바로 예술 창조적 감각이며 심미감각인 것이다.

서법예술도 당연히 "규범의 속박으로부터 벗어난 진정한 정감을 표현하는 예술형식"에 속하는 것이다. 당송 / 唐宋 고문 / 古文

---

41) 「述而」: "子曰: 志於道, 據於德, 依於仁, 遊於藝."

운동이 활발히 전개될 때 한유 / 韓愈42)는 그의 문 / 文이 더욱 재도 / 載道할 것을 강조하여 『원도 / 原道』, 『원훼 / 原毁』, 『원성 / 原性』, 『원인 / 原人』 등 빛나는 유명한 글들을 써서 그 윤리규범을 크게 주장하였다.

아울러 그는 오히려 또 개인의 정감을 불러일으키게 하는 어려운 시 / 詩들을 많이 지었으며 뿐만 아니라 정감을 불러일으킨다는 면에서 장욱 / 張旭43)의 초서 / 草書를 크게 칭찬하였고 또 "사물이 그 평정함을 얻지 못하면 소리 낸다(物不得其平則鳴).", "성정 / 性情을 표달해야 한다(達其情性)."는 서정이론을 고취시켰다.44)

'성정을 불러일으킨다.'는 것은 결과적으로 말할진대 공자의 '유어예 / 游於藝'의 심미사상에 부합되는 것이다. 공자는 "도에 뜻을 두고 덕에 의거하며 인 / 仁에 의지하고 예 / 藝에서 노닌다. 여기서 '도 / 道'는 의상 / 意向이고 '덕 / 德'은 기초이며 '인 / 仁'은 귀의 / 歸依이고 '예 / 藝'는 자유로운 유희이다.45) 장욱 / 張旭이 술에 취하여 긴 머리카락에 먹을 묻혀 새하얀 벽에 놀란 뱀이 수풀 속에서 기어 나오듯, 용이 구름 속에 꼬리를 감추듯 온갖 신비로움을 초서 / 草書로 표현할 때 이는 분명 성정을 불러일으키는 '자유

---

42) 韓愈: 768 - 824, 字는 退之이고, 南陽(지금의 河南省孟縣)사람이다. 貞元 八年(792)에 進士에 급제하였다. 당 나라의 著名한 散文家이며 詩人이다.

43) 張旭, 唐나라의 吳郡(江蘇蘇州)사람이며, 生卒年月은 밝혀지지 않았다. 字는 伯高이고, 官職은 金吾長史에 이르렀기에 사람들은 그를 張長史라고 불렀다. 飮酒를 즐겼으며, 往往大醉한 後 揮毫하여 作書하였는데, 頭髮에 濡墨하여 作書하였다. 醉한 듯 미친 듯하여, 世人들은 그를 "張顚"이라고 불렀는데, 李白, 賀知章, 李適之, 李進, 崔宗之, 蘇晉, 焦遂과 더불어 酒中八仙으로 불린다. 書法은 특히 草書에 능하였는데 『宣和書譜』에서는 아래와 같이 평하였다. "其名本以顚草, 而至於小楷行草又不減草字之妙, 其草字雖然奇怪百出, 而求其源流, 無一點畫不該規矩者."

44) 李澤厚 / 權瑚, 上揭書, p.52.

45) 李澤厚 / 權瑚, 上揭書, p.71.

로운 유희'이다. 그리하여 '규범'을 멀리하려는 순수예술형식으로 발전하려는 '초서 / 草書'에 대하여 동한 / 東漢의 조일 / 趙壹은 『비초서 / 非草書』에서 호된 비평을 가하기도 하였던 것이다.46)

공자가 "도에 뜻을 둔다." 등등 이 외에 "예에서 노님"을 제기한 것은, 공자의 사람은 물질로부터 현실적으로 객관세계를 장악하며 다면적 발전을 획득할 것에 대한 요구이며 사람이 객관세계를 제어하는 과정 중에서 심신의 자유를 감수하고 획득할 것에 대한 주장을 표현한 것이고 동시에 또 공자의 기예 / 技藝를 장악하는 것이 그의 인격적인 이상을 실현하는 데 있어서 중요한 작용을 한다는 것을 설명하는 것이다.

여기서 중요한 것은 '유어예 / 游於藝'는 반드시 "도에 뜻을 두고", "덕에 의거하며", "인 / 仁에 의지한" 후에 있다는 점이다. 이러한 면에서 볼 때 '유어예 / 游於藝'는 공자의 또 다른 심미사상 '후소 / 後素'와도 상통하고 있다. 『논어·팔일 / 八佾』 편에는 아래와 같은 대화가 나온다.

자하 / 子夏가 여쭙기를 "'상긋한 웃음이 아름답구나. 예쁜 눈매가 선명하구나. 흰 것으로 아름답게 하네.'라는 말은 무엇을 이르는 것입니까?" 하자, 공자가 말했다. "그림 그리는 일은 소 / 素47)를 뒤에 하는 것이다." 자하 / 子夏가 "예가 뒤인가요?"라고 묻자 공자가 말했다. "나를 일깨워 주는 자 상 / 商(자하 / 子夏)이로구나. 비로소 함께 시 / 詩를 이야기할 만하구나."48)

---

46) 趙壹, 「非草書」, 『漢魏六朝書畫論』, (湖南美術出版社, 1986).
47) 素: 素의 해석에 대해서 여러 가지의 논들이 지금까지 논의되고 있다. 때문에 본문의 번역에서는 원문대로 '素'라고 부르기로 한다.
48) 「八佾」: 子夏問, "巧笑倩兮, 美目盼兮, 素以爲絢兮, 何謂也?", 子曰: "繪事後素." 曰: "禮後乎?" 子曰: "起予者商也, 始可與言詩已矣."

이 수수께끼와 같이 선문선답 / 禪問禪答 중에 나오는 '회사후소 / 繪事後素'는 지금도 학자들이 연구의 주제로 삼고 있는 대상이 되고 있다. 회사 / 繪事라는 두 글자에 대해서는 예나 지금이나 별반 다른 해석이 없이 모두 '그림 그리는 일'로 풀이하고 있다. 하지만 '후소 / 後素'에 대해서는 여러 가지 논의가 있는데 본문은 그런 논의와는 무관하게 주희 / 朱熹의 해석을 따르기로 한다. 주희 / 朱熹는 "'후소 / 後素'를 아예 '후어소 / 後於素'라고 하여 '흰바탕보다 다음에 한다.'는 뜻으로 확정해 버렸다. 여기에다가 '흰바탕의 도화지(粉紙)'는 사람에게 있어서 깨끗한 바탕이라는 의미로 '미질 / 美質'이라고 하고 그림 그리는 일은 '문식 / 文飾'에 비유하여서 마치 인격을 수양하는 것이 흰 도화지에 화려한 색채작업을 하는 것과 마찬가지라는 뜻으로 풀었다."49)

"주자의 주 / 註는 충신을 강조하려는 의도를 보인다. 충신은 내면의 문제요, 예 / 禮는 외면의 문제에 속한다. 주자 주 / 註가 양씨 / 楊氏의 '단맛은 조미를 받아들이고 흰 것은 채색을 받아들이며 충신한 사람이라야 예 / 禮를 배울 수 있는 것'이라는 말을 수용한 것은 인간의 내면적 수양에 중점을 두었기 때문"50)인 것이다.

'회사후소 / 繪事後素'는 '그림을 그리는 일'로서 '유어예 / 游於藝'와 무관하지 않다. '자유로운 유희'는 반드시 "도에 뜻을 두고", "덕에 의거하며", "인 / 仁에 의지한" 후에 있으며 '회사 / 繪事' 역시 그 내재적인 아름다음을 먼저 가꾸는 것을 먼저 하여야

---

49) 문승용, 「'繪事後素' 考」, 『세계문학비교연구』, (세계문학비교연구학회 2006), p.26.
50) 심현섭, 「孔子禮樂思想의美的探究」, 『儒家思想研究』, 제5집, (한국유교학회 2006), p.205.

한다. 이는 또한 위에서 논한 '진선진미 / 盡善盡美'와 '문질빈빈 / 文質彬彬'과도 상응하는 공자 미학사상으로 유가미학에서 주도적인 역할을 하여 왔다.

(3) 중용사상

'진선진미 / 盡善盡美'와 '문질빈빈 / 文質彬彬'은 결과적으로 공자 철학의 기본원칙이며 공자미학의 비평의 척도인 '중용 / 中庸' 사상에서 비롯된 것이다. 공자는 "중용의 덕이 얼마나 지극한가!"[51]라고 하였는데 孔子가 볼 때 '중용'의 원칙의 실현은 사회생활 중 각종의 상호 모순되는 사물로 하여금 조화, 통일되게 하는 정치학의 최고 표현이며 역시 공자가 시종일관 추구하던 이상이었다. 아울러 이러한 '중용'의 원칙은 공자의 미학에도 아주 잘 관철되었는바, 미와 예술 곳곳에서 모두 마땅히 각종의 대립적인 요소와 성분을 조화, 통일시키고 일방적으로 어느 한편을 부정하거나 강조하지 말 것을 요구하였다. 이렇게 되어 '중용'은 공자 미학에 있어서 비평의 척도가 되는 것이다. 『논어』에서 중용이란 말은 이렇게 나온다.

> 요 / 堯가 이르기를 "아아, 너 순 / 舜아, 하늘이 안배한 제왕의 차례가 너의 몸에 있으니 진실로 그 중용을 바로잡아 정사 / 政事를 받들라. 천하가 곤궁해지면 하늘이 주신 녹위 / 祿位가 영원히 끊길 것이다."라고 하였는데 순 / 舜임금도 또한 우 / 禹에게 이와 같이 명하였다.[52]

---

51) 「雍也」: "子曰: 中庸之爲德也, 其至矣乎!"
52) 「堯曰」: "堯曰: 咨! 爾舜! 天之曆數在爾躬, 允執其中. 四海困窮, 天祿永終."

44

여기에 대한 해석은 주희/朱熹가 지은『중용장구/中庸章句』서문에서 찾아볼 수 있다. 그는 "요/堯의 한마디 말씀이 지극하다 하셨으니 순/舜이 다시 세 가지 말씀을 더 하신 것은 요/堯의 한마디 말씀을 밝힌 것이니 반드시 이와 같이 하신 뒤에 거의 가까울 것이다."53)

또 이런 말이 있다. "공자가 말씀하시기를 순/舜은 묻기를 좋아하시고 평범한 말을 살피기를 좋아하시며 악을 숨기고 선을 드러내시며 그 두 끝을 붙잡아 그 가운데를 백성에게 쓰시니 이것을 함으로 순/舜이 된 것이다."54)고 하였다.

공자의 중용사상은 그의 심미기준에서도 잘 드러나며 중국의 미학에 대해서 깊고 큰 영향을 주었다. 공자가 보기엔 진정으로 아름답고 인간에게 유익한 예술작품은 그 정감의 표현이 마땅히 적합하여야 한다는 것이다. 그리하여 시/詩와 악/樂의 정감을 표현할 때 공자는 이렇게 말했다.

즐거우나 과도하지 않고 애처로우나 마음을 상하지 않는다.55)

이는 중용의 원칙의 미학비평에 운용되는 예이다. 이러한 기본사상은 중국예술의 정감에 대한 표현으로 하여금 절대다수의 상황하에서 모두 일종의 이성적인 인도/人道의 통제성/統制性을 유

---

53)『中庸章句·序』: "堯之一言盡矣, 而舜復益之以三言者, 則所以明夫堯之一言, 必如是而後可庶幾也."
54)『中庸章句·序』: "子曰, 舜其大知也與, 舜好問而好察邇言, 隱惡而揚善, 執其兩端, 用其中於民其斯而爲舜乎."
55)「八佾」: "子曰: 關雎, 樂而不淫, 哀而不傷."

지하게 하는 작용을 하였다. 『논어』에는 또 이런 이야기도 있다.

> 자공 / 子貢이 묻기를 "자장 / 子張과 자하 / 子夏는 누가 더 어집니
> 까?"라고 하자 공자가 말하기를 "자장 / 子張은 지나치고 자하 / 子
> 夏는 미치지 못한다."라고 하였다. 자공 / 子貢이 말하기를 "그렇
> 다면 자장 / 子張이 낫습니까?"라고 하자 공자가 말하기를 "지나치
> 는 것은 미치지 못하는 것과 같은 것이다."라고 말하였다.[56]

"자장 / 子張은 재주가 높고 뜻이 넓어서 굳이 어려운 일을 하기
좋아하기 때문에 항상 '중 / 中'을 넘어서고 자하 / 子夏는 돈족 / 敦
篤하게 믿고 삼가 지켜서 규모가 좁기 때문에 항상 미치지 못하
였다."[57] 이렇게 되어 공자 이후의 중국미학은 예술창작과 연관이
있는 각종의 문제를 언급할 때 모두 '지나침은 미치지 못함과 같
다.'라는 기본원칙을 파악하는 데 그 중점을 두었다. 즉 모든 예
술작품은 반드시 '지나치거나 미치지 못함'이 없이 '중 / 中'에 입
각하여야 한다는 것이다.

'지나침은 미치지 못함과 같다.'라는 원칙 아래 당대 / 唐代의 교
연 / 皎然은 시 / 詩를 논할 때 다음과 같이 말하였다.

> "지극히 험하나 편벽되지 않고, 지극히 기이하나 들쭉날쭉하지 않
> 고, 지극히 화려하나 자연스러우며, 지극히 각고하였으나 흔적이
> 없고, 지극히 쉬우나 뜻은 멀고 깊으며, 지극히 방종하나 멀지 않
> 고, 지극히 어려우나 쉽게 드러낸다."[58]

---

56) 「先進」: 子貢問: "師與商也孰賢?" 子曰: "師也過, 商也不及." 曰: "然則師愈與?"
　　 子曰: "過猶不及."
57) 신윤구, 「공자의 중용사상에 대한 연구」, 『동서철학연구』 제3호(한국동서철학회), p.204.
58) 皎然, 『詩式』, "至險而不僻, 至奇而不差, 至麗而自然, 至苦而無跡, 至近而意遠, 至

이런 이론 중에는 중국미학의 예술창조와 감상에 대한 변증법적인 깊은 이해가 포함되어 있으며 공자의 중용사상이 집중적으로 표현된 것이다.

결과적으로 공자 이후의 중국미학은 "소박한 유물주의와 변증법을 사상의 기초로 삼아 차별과 잡다한 통일을 강조하며 화해를 미로 간주하여 인간과 자연, 사물의 재현과 표현, 감성과 이성의 화해결합을 예술의 이상으로 삼았다. 그것이 형식의 화해(형식미)를 추구하여 사회윤리의 화해(내용미)를 더욱 중시하였다."[59]

放而不迁." 李澤厚·劉綱紀 / 權德周·由智超·金勝心, 上揭書, p.174.
59) 周來祥 / 남석현, 노장시, 上揭書, p.23.

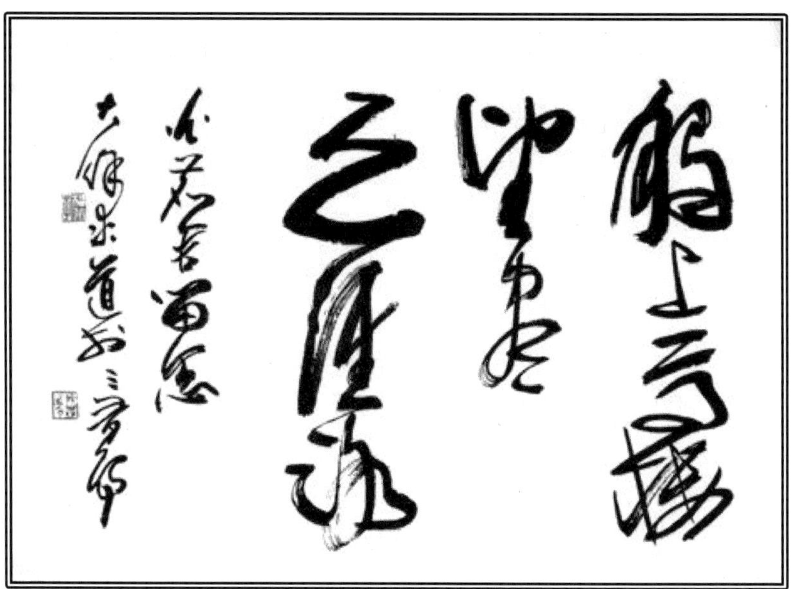

徐權－07'

2. 공자 이후의 유가심미사상

1) 맹자·순자의 심미사상

(1) 맹　자

맹자가 생존했던 전국시대에 사회의 심미의식과 예술은 매우 커다란 발전을 이루었으며 인간은 예부터 역사문헌과 외교문장의 대전/大全으로 간주하여 오던 『시경』에 대하여 공자의 시대에 비해 그것이 예술작품으로서의 특징을 지니고 있음을 더욱 많이 인식하게 되었다. 이 점은 맹자가 『시경』에 대한 인식으로부터 잘 알 수 있으며 그것을 통하여 맹자의 예술작품에 대한 심미사상을 이해할 수 있다.

『맹자·만장·상』에는 맹자와 그의 제자 함구몽/咸丘蒙의 대화가 기록되어 있는데 함구몽/咸丘蒙이 시의 이해를 묻자 맹자는 아래와 같이 자세히 지적하여 말하였다.

> "시를 해독하는 사람은 글자로 말을 해치지 않고 말로 뜻을 해치지 않으며, 마음으로 시의 뜻을 받아들인다면 그것이 바로 해독하는 것이다. 만일에 말만을 가지고 한다면 「운한/雲漢」 편의 시에 '주나라의 남은 백성, 하나도 남김 없다.'라고 하였으니 이 말을 그대로 믿는다면 주나라에는 남은 백성이라고는 없는 것이다."[60]

맹자의 이 견해는 어떻게 시를 읽어야 하는가에 대한 심오한

---

[60] 『孟子』萬章·上, 李澤厚, 劉綱紀 / 권덕주, 김승심 『中國美學史』, p.225.

이해를 포함하고 있다. 시에 대한 이해는 글자로써 말을 해치고 말로써 뜻을 해칠 수 없는 것이므로 맹자는 시를 이해하는 유일한 방법은 '마음으로 시의 뜻을 받아들이는 것'이라는 것을 제기하였다. 비록 맹자의 마음으로 詩의 뜻을 받아들인다는 것은 결코 예술감상을 설명하기 위한 것이 아니지만 그것은 동시에 예술감상의 특징에 대한 심오한 이해를 포함하고 있다.

왜냐하면 예술작품이 표현해 내는 사상을 정확하게 이해하려면 사람들은 반드시 예술작품을 '예술작품'으로 간주하고 예술의 특징에 부합되는 방식으로 그것을 이해해야 한다는 것이기 때문이다. 그러기에 맹자가 비록 직접적으로 예술감상을 말하지 않았어도 도리어 예술감상과 완전히 일치되는 도리를 말해 낼 수 있는 것이다.

'마음으로 시의 뜻을 받아들인다.'라는 관점은 사람에게서 주체가 되는 '마음'과 예술작품의 연관성을 맨 처음으로 밝혀낸 이론으로써 후세의 '서위심화 / 書爲心畵'와 같은 이론의 바탕으로 되는 것이다.

만일 일반적인 개념의 인식방법으로 예술작품을 대하면 그것은 반드시 글자로써 말을 해치고 말로써 뜻을 해치는 결과가 될 것이며 예술감상이라고 말할 것도 못 되며 근본적으로는 작품이 표현해 내는 사상을 파악할 방법이 없게 된다. 때문에 예술작품에 대한 감상과 이해의 비결은 바로 마음으로 시의 뜻을 받아들이듯이 주체의 상상력의 발휘와 정감의 체험은 매우 중요한 작용을 한다는 데에 있다. 그것은 주체가 정감을 매개로 하여 상상력의 활발한 발전 중에 있어서 부지불식간에 일정한 이성 인식을 향해 인도되기 때문이다.

'마음으로 뜻을 받아들인다.'는 견해 이외에 맹자는 또 시를 읽을 때 '사람됨을 알고 시대를 논해야 한다(知人論世).'는 설을 제기하였다. 그리하여 그는 다음과 같이 말하였다.

> 한 고을의 선한 선비의 경우에는 한 고을의 선한 선비를 벗으로 사귀고, 한 나라의 선한 선비의 경우에는 한 나라의 선한 선비를 벗으로 사귀며, 천하의 선한 선비의 경우에는 천하의 선한 선비를 벗으로 사귄다. 천하의 선한 선비를 벗으로 사귀는 것이 만족하게 여겨지지 않으면 또 옛사람을 숭상하여 논한다. 그 사람이 지은 시를 낭송하고 그 사람이 쓴 책을 읽고서도 그의 사람됨을 모른 대서야 되겠는가. 그래서 그의 시대를 논하게 되는 것이니 그것은 곧 그를 숭상하여 벗으로 사귀는 것이다.[61]

이 말은 원래 훌륭한 선비가 되려면 어떻게 벗을 사귀어야 한다는 선비의 수양을 말한 것이다. 선비는 마땅히 온 천하의 벗뿐만 아니라 옛사람이 지은 시를 낭송하고 옛사람이 지은 글을 읽으면서 마땅히 그의 시대를 논하게 되고 그 사람됨을 알게 되는 것이며 또 옛사람이 생활한 시대와 그의 일생, 사상을 알 수 있을 뿐만 아니라 또 자기의 친구를 대하는 것처럼 그렇게 명확하게 친하게 되어야 한다는 것이다.

문예작품은 작자의 시대, 사상, 일생과 결코 분리될 수 없으며 작자의 시대와 사상, 일생을 이해하지 못하고서는 그 작품을 이해할 수 없다는 것을 맹자는 말하고 있다. 맹자의 이러한 견해는 후

---

61) 『孟子』 萬章·下, 李澤厚, 劉綱紀 / 권덕주, 김승심 上揭書, p.229.

세의 문학예술작품의 품평에 막대한 영향을 끼쳤는바 예를 들어 현재 각 대학 대학원의 소위 예술비평 논문을 보면 알 수 있다. 석사 혹은 박사논문을 물론하고 일률적으로 논문형식은 같은 틀에 맞춰 쓰이는데 대체로 '시대배경', '작가의 생애'가 중요한 자리를 차지하고 있다.

맹자의 또 다른 중요한 심미사상은 바로 '백성과 더불어 즐긴다.'이다. 이런 사상은 심미활동의 광범위한 사회성을 나타내는 것이며 심미활동은 마땅히 백성의 요구에 부합되고 백성의 환영을 받아야 하며 백성의 증오와 반대를 받아서는 안 된다는 것을 요구하였다. 이것은 문예작품의 풍격을 말하는 일면도 있지만 다른 한 면으로는 작가의 인격을 말하는 것이기도 하다. 백성들의 환영을 받는 문예작품은 대중적인 풍격을 반영한 것이어야 한다. 아울러 문예작품이 백성들의 반대와 증오를 받는다면 그 이유는 문예작품의 내용에 있는 것이다. 이는 공자가 '인 / 仁'을 '미 / 美'의 내용과 실질로 삼은 것과 다름이 없는 것이다.

'백성과 더불어 즐긴다.' 외에도 맹자는 '호연지기 / 浩然之氣'라는 중요한 심미사상을 피력하였다. 맹자의 이상 중 인격은 자기가 굳건히 믿는 진리를 위해 투쟁하며 어떠한 사악한 세력과 어떠한 커다란 곤경에 처해서도 결코 굴복하지 않는 인격이다. 그는 우환을 겪고서도 여전히 굳세고 굽힐 줄 모르는 태도를 찬미하였으며 아울러 인격의 굳셈과 위대함은 바로 힘들고 괴로운 데서 단련되어 나오는 것이라고 인식하였다. 그리하여 그는 다음과 같이 말하였다.

사람이 덕행과 지혜와 도술과 재치가 있으면 언제나 환난과 시련
을 겪게 되게 마련이다. 오직 외로운 신하/臣下와 서자/庶子만
이 마음가짐이 위태함을 겁내고 염려하는 것이 깊기 때문에 사리
에 통달하게 된다.62)

맹자의 심미사상을 공자와 비교하여 보면 공자는 비록 개인인
격의 능동성과 독립성을 충분히 강조하였으나 공자 인격의 이상
적인 토대는 온유돈독/溫柔敦厚의 이상이었으며 온화하고 겸손
하되 다투지 말고 한데 모이되 무리를 짓지 말 것을 주장하였다.
이와 달리 맹자는 일체의 나쁜 세력과 항쟁할 것을 주장하였다.
맹자는 자신의 내재적인 고유의 착한 심성으로써 출발점과 귀결
점으로 삼았기 때문에 개인의 인격이 가지고 있는 정감과 의지의
조금도 두려울 것 없는 강력한 힘을 매우 강조하였으니 이는 그
의 "나는 호연지기/浩然之氣를 잘 기른다.", "충만히 채워져 있
는 것을 아름답다고 한다."는 등등의 견해에서 충분히 나타난다.
이는 개인인격의 도덕수양이며 동시에 맹자의 심미의식과 밀접한
관계가 있다.63)

결론적으로 말하면 맹자의 이런 심미의식은 공자심미사상의 계
승과 발전이며 후세의 '서여기인/書如其人'과 같은 사상을 낳았
다고 볼 수도 있다. 왜냐하면 '서여기인/書如其人' 심미사상은
작가－시대배경－작품내용 등등을 불가분의 관계에 놓고 함께 품
평하는 경향이 있기 때문이다. 아울러 그의 '호연지기/浩然之氣'
는 '강의/剛毅'의 대명사로 불리는 안진경/顔眞卿, 유공권/柳公
權64)과도 같은 서풍/書風으로 직결되는 것이다.

---

62) 『孟子』盡心·上, 李澤厚, 劉綱紀/권덕주, 김승심, 上揭書, p.232.
63) 李澤厚, 劉綱紀/권덕주, 김승심, 上揭書, pp.223－233.

(2) 순 자

순자 / 荀子는 미의 요구는 사람의 본성으로부터 나오는 일종의 욕망이라고 여러 차례 말했고 미에 대한 감수능력은 사람의 감각 기관이 나면서부터 본래 갖추고 있는 것이라고 지적하였다. 아울러 순자는 사람이 어떻게 미적 욕망을 만족해야 되는가를 말할 때 이러한 욕망의 만족은 반드시 윤리·도덕의 요구에 부합되어야 하며 따라서 이러한 상황 아래에서만 비로소 진정한 만족을 얻을 수 있다고 보았다. 순자는 다음과 같이 말하였다.

> 백번 활을 쏘아서 한 번을 빗나가면 좋은 활솜씨라고 할 수 없으며 말을 몰아 천 리를 가더라도 목적지까지 한 걸음이 모자란다면 좋은 말몰이꾼이라고 할 수 없다. 예법을 유추하여 두루 통하지 못하고 인의와 하나가 되지 못하면 잘 배웠다고 할 수 없다. 학문이란 배워서 도와 하나가 되는 것이다. 들어왔다 나갔다 하는 것은 저잣거리의 사람이고 착한 것은 적고 착하지 않음이 걸왕 / 桀王, 주왕 / 紂王, 도척 / 盜跖이나 마찬가지다. 완전하고 충분히 한 다음에야 배운 사람이다. 군자는 완전하지 못한 학문은 아름답지 않다는 것을 안다. 고로 자주 외워서 그것을 꿰뚫고 깊이 생각하여 그것에 통하여 스승을 삼아서 함께 처신하고 해로운 것을 제거해 버리고 학문을 기르며 눈은 옳지 않은 것을 보고자 함이 없고 귀는 옳지 않은 것을 듣고자 함이 없고 마음은 옳지 않은 것을 생각하고자 함이 없다. 학문이 지극한 것에 이르러 배우는 것을 좋아하여 눈은 오색 / 五色을 보는 것같이, 귀는 오성 / 五聲을 듣는 것같이, 입은 오미 / 五味를 맛보는 것같이 좋아하고 마음은 천하를 얻은 것같이 이익으로 여길 것이다. 이런 까닭으로 권세와 이익이 그의 마음을 기울게 하지 못하여 뭇사람들이 그의 마음을 옮길 수 없다. 천하도 그의 마음을 어지럽힐 수 없다. 삶

---

64) 안진경, 유공권은 당나라의 충신들이며 저명한 서법가이다.

과 죽음이 이로 말미암아 나오니 이것을 덕의 절조라고 한다. 덕
에 절조가 있은 다음에야 안정이 있고 안정이 있은 다음에야 사
물에 대응함이 있으니 안정하고 대응함이 있으면 이러한 사람이
곧 성인/聖人이다. 하늘은 밝음을 나타내고 땅은 빛을 나타내고
군자는 모든 것을 온전히 함으로써 귀하게 된다.[65]

순자는 여기에서 두 가지 매우 중요한 미학적인 관점을 제시하
였다. 하나는 "완전하지 못한 것은 아름답지 않다."라는 견해이고
다른 하나는 "권세와 이익도 마음을 기울지 못한다."는 견해이다.
이는 공자가 말한 '진선진미/盡善盡美'의 견해처럼 '미'는 '선'과
불가분의 관계에 놓여 있다는 순자의 '완전한 아름다움'에 대한
심미사상의 발로이다.

후세의 서론가/書論家들은 '완전한 아름다움'을 서법에서 찾으
려고 하였는데 그 본보기로는 진대/晉代의 왕희지/王羲之, 당대/
唐代의 안진경/顔眞卿, 유공권/柳公權 등과 같은 인물들이었다.
서론가들에 의하면 그들의 인품과 서품은 모두 완전무결한 것이
어서 가히 '진선'하고 또 '진미'한 '완전한 아름다움'을 이루었다
고 한다.

순자는 사람의 욕망만족은 사회의 제약을 받지 않을 수 없다고
보았다. 만약 사람들마다 임의대로 자기의 욕망만을 만족시킨다면
사회는 존재해 나갈 수 없다고 생각하였다. 순자는 진정한 아름다
움은 "권세와 이익도 마음을 기울지 못한다."는 데에 있다고 하였
는데 이는 후세사람들이 조맹부/趙孟頫와 왕탁/王鐸[66]과 같은

---

65) 『荀子 · 勸學』, 李澤厚 · 劉綱紀 / 權德周 · 由智超 · 金勝心, 上揭書, p.393.
66) 조맹부와 왕탁의 서법에 대해여 다음 장에서 상세히 논하기로 한다.

역사적으로 이름난 서법대가들에게 권세와 이익에 '마음이 기운' '이신/貳臣'이라는 비난을 가하게 되었던 직접적인 원인이 되었다고 할 수 있다.

사실상, 순자의 진정한 뜻은 한편으로 인간이 미를 포함한 각종 욕망의 만족추구에 대한 자연적 보편 필연성과 불가피성을 충분히 긍정하였으며 다른 한편으로는 이러한 모든 욕망의 만족이 반드시 예의에 부합되고 동시에 예의와 서로 통일되어야 함을 요구하는 데에 있는 것이다.

공자와 맹자도 규칙을 강조했다. 공자가 비록 "마음은 하고자 하는 대로 따르되 법도를 뛰어넘지 않는다."는 것을 말한 적이 있고 맹자도 "목수/木手와 수레 만드는 장인/匠人은 사람에게 법도대로 하게 할 수는 있으나 사람으로 하여금 기교를 부리게 할 수는 없다."는 말을 한 적이 있으나 그들이 강조한 것은 모두 '법규'이지 마음이 하고자 하는 대로 따르는 것이 아니며 기교도 절대 아니다. 순자에 이르러 규칙과 법도에 대한 강조는 더욱 두드러졌다.

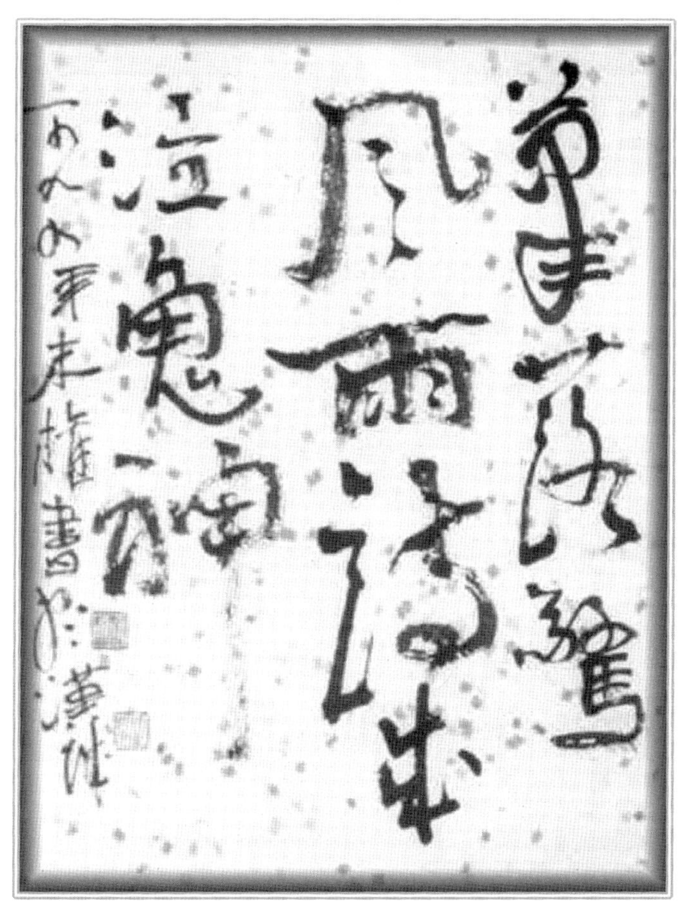

徐權 - 99'

2) 주역·악기의 심미사상

(1) 주역 / 周易

『주역』은 「경 / 經」, 「전 / 傳」의 두 부분으로 나뉘어 있는데 중국철학과 미학의 발전에 있어서 매우 중요한 역할을 하였다. 『주역』에 대하여 이택후 / 李澤厚는 다음과 같이 정의를 내렸다.

첫째, 『주역』은 기본적으로 유가의 입장에 서 있으며 인간과 자연의 통일성을 명확히 인정하고 있다. 심미에 있어서 인간과 자연과의 관계라는 문제에 대해서 중국미학은 줄곧 인간과 자연의 통일이라는 철학적 전제를 견지하였으며 인간과 자연을 친밀하고 조화로우며 인간의 정미가 풍부한 관계이자 정신적 관계라고 간주하였다.

둘째, 『주역』은 전체 세계는 '일음일양 / 一陰一陽'을 시작의 기초로 삼는 하나의 상반되고 보완적인 유기적 통일체라고 인식하였다. 『주역』은 서로 반대되는 쌍방의 관통, 연결, 협동, 균형, 통일의 상황하에서만 비로소 사물이 순리적인 발전을 이룰 수 있다. 만일 쌍방이 서로 가까워 부합되면 즐거움을 가져오고 쌍방이 서로 대립되어 다투면 근심을 가져온다. 이러한 견해는 통일을 강조하고 투쟁을 배제하고 있지만 인류사회는 거대한 모순의 충돌을 통하지 않고서는 발전할 수 없으므로 이러한 견해는 역사적인 한계성을 지니고 있다.

셋째, 『주역』에서 전체 세계는 음양이라는 두 가지의 서로 상반된 역량의 상호작용하에서 부단히 운동, 변화, 생성되고 더욱 새로워지는 것이라고 인식한다. 이것은 또한 중국미학의 기세, 역량, 운율의 미의 추구에 대해 철학적인 천명을 제시한다.67)

결론적으로 말하면 인류는 마땅히 자연을 본받아야 하며 변화하는 중에 부단히 생존과 발전을 추구하면 공적을 세울 수 있다는 것이다. 이와 같이 『주易』에서 말하는 전체 세계는 단지 능히 운동, 변화하는 중시해 온 기세, 역량, 운동, 운율의 미의 철학적 기초가 되었다. 세계는 끊임없이 생겨나는 운동의 변화 중에 존재하며 또 표현되어 나온다. 그러므로 중국미학이 가장 강조하는 것은 대상이나 실체가 아니며 대상을 조성하는 각 부분 간 및 서로 다른 대상 간의 상호작용의 기능, 관계, 태도를 가장 중시한다.

『주역』에 나타나는 미학의 의미를 지닌 개념, 범주는 상당히 광범위하게 심미와 예술창조의 특징에 대한 심오한 사상을 언급하고 있는데 이는 특히 선진유가미학에 나타나는 것들이다. 일반적으로 선진유가의 미학에서 가장 중시하는 것은 심미와 예술을 사회의 정치, 윤리, 도덕과 관련짓는 것으로 이것은 거듭 토론함에 있어 가장 중요한 문제가 되어 왔다.

심미와 예술 자체가 어떤 특징을 지니고 있는지에 대해서는 깊이 있는 탐구가 이루어지지 않았다. 유가미학에서 중요한 가치를 지니고 있는 『악기 / 樂記』를 포함하여 모두가 이러한 결점이 있다. 하지만 『주역』은 이와 달리 여러 측면에서 심미와 예술특징에 관한 문제를 언급하고 있으며 또한 변증적 정신이 많이 깃들어 있다. 이러한 측면에서 볼 때 미학에 있어서 『주역』의 공헌과 후

---

67) 李澤厚 · 劉綱紀 / 權德周 · 由智超 · 金勝心, 上揭書, pp.384－413.

대에 끼친 영향은 유가의 기타 저작을 능가하는 것이다.68)

(2)『악기 / 樂記』

『악기』는 중국고대에 최초로 음악문제를 논술한 전문 저작인데 그것의 의의는 단지 음악에만 있는 것이 아니다. 왜냐하면 중국고대에 있어서의 '악 / 樂'은 실제로 당시 예술의 총칭이고 '악 / 樂'에 관한 이론은 곧 일반 예술에 관한 이론이기 때문이다.『악기』는 한 권의 음악이론일 뿐만 아니라 유가미학의 주요 경전이기도 하다.

『악기』에서 인성문제에 대해 가장 집중적으로 설명하고 있는데 아래와 같은 몇 가지의 기본 관점을 포함하고 있다.

첫째는 "사람이 나면서부터 고요한 것은 타고난 성품이고 외물에 감응하여 움직이는 것은 본성의 하고자 하는 바이다."라는 말에서 뒤 구절의 말은 외물에 대한 욕망이 인간의 본성에 구비되어 있는 것을 긍정하고 있으니 이는 곧 순자가 반복하여 논술한 "사람은 나면서부터 욕심이 있다."는 말과 같은 뜻이다.

둘째, 이른바 "무릇 외물 / 外物이 사람을 감응시킴이 무궁한데 사람이 좋아하고 싫어함에 절도가 없으면 외물에 접하게 되면 사람이 외물로 변한다. 사람이 외물로 변한다는 것은 천리를 없애고 사람의 욕심을 다하는 것이다."라는 것 역시 기본적으로 순자의 성악론의 관점인바 그 근원은 순자인 것이다.

셋째,『악기』는 사람의 호오욕망에 대한 설명에서 "만약 선왕이

---

68) 李澤厚 · 劉綱紀 / 權德周 · 由智超 · 金勝心, 上揭書, pp.344 - 383.

제정한 예악을 사용하여 적당히 절제를 하지 않는다면 사람마다 천리를 멸하고 인욕을 다하여 곧 천하가 크게 어지럽게 된다.”고 하였는데 이것 또한 순자가 거듭 반복하여 설명한 사상이다. 『악기』가 단순히 순자의 「악론／樂論」을 반복한 것은 아니고 많은 중요한 문제에 있어서는 더욱 구체적으로 심오하게 천명하였고 「악론」의 사상을 발전시켰다.

『악기』의 중요한 가치는 먼저 그것이 예술의 일반적인 본질에 대해 깊은 이해를 하고 있다는 데에 있다. 『악기』는 예술이 인간 마음의 감정표현임을 매우 명확하게 인식하고 있다. 우선 『악기』는 ‘성／聲’과 ‘음／音’이 전적으로 동일한 것은 아니라고 인식하였다. ‘음／音’이 “마음속에서 감정이 움직여 소리로 표현된다.”는 것의 결과지만 ‘성／聲’은 ‘성문／成文’해야 비로소 ‘음／音’이라고 말할 수 있다. 그리고 ‘문채／文采’와 ‘절주’가 없으면 ‘성／聲’은 단지 ‘성／聲’에 지날 뿐이고 ‘음／音’이 될 수는 없다. 이는 ‘성／聲’으로써 정감을 표현함에 있어서 반드시 ‘미／美’적 형식을 갖추어야 하며 그렇지 않을 경우에는 ‘음／音’이 될 수 없고 진일보 예술로 될 수도 없는 것이다. 다시 말하면 정감을 미의 형식 속에서 표현해야만 비로소 예술이 될 수 있다는 것이다. 이것이 곧 『악기』의 예술표현정감에 대한 본질적인 규정인 것이다.

『악기』의 상당부분에서는 ‘악／樂’의 사회 효용성을 말하고 있다. 그중 특히 강조할 것은 ‘악／樂’과 ‘예／禮’에 대한 구분인데 이는 실제로 예술적인 ‘악／樂’과 사람·사회의 윤리·도덕행위의 규범인 ‘예／禮’의 상이한 작용에 대해 구분하고자 한 것이다.

사회에서 서로 구별되고 대립되는 각 등급의 사람들은 ‘악／樂’

의 작용을 통하여 정감상에 있어 조화, 통일될 수 있다고 인식하였는데 비록 형이상학적이면서도 환상적이기는 하지만 예술이 사회작용에 대한 중요한 이해가 포함되어 있는 것이다. 그리하여『악기』에서는 다음과 같이 말하였다.

> 음악은 사람의 마음을 화합시키는 것이고 예는 신분의 차별을 하는 것이다. 화합하면 서로 친해지고 차별하면 서로 恭敬한다. 예의가 생기면 귀하고 천한 것의 분별이 분명해지며 음악의 화합의 힘이 작용하면 위와 아래가 화순해진다. 예라는 것은 일을 차별하고 사람의 마음을 공경하게 하는 것이고 음악이란 것은 곡절은 다르나 사람의 마음을 자애롭게 하는 것이다. 음악은 仁에 가깝고 의는 예에 가깝다.69)

『악기』에서는 예술을 주체의 내심에 존재하는 정감의 표현이라고 인식하고 또 주체의 정감에 반작용한다고 인정하였다. 무릇 간사한 소리는 사람을 감동시키면 거슬린 기운이 발동하여 그것을 따른다. 그 기운이 나타나면 음란한 음악이 생긴다. 바른 소리가 사람을 감동시키면 화순한 기운이 그것을 따른다. 화순한 기운이 나타나면 화락한 음악이 생긴다. 부르면 화답하여 응답이 있고 굽고 곧은 것이 각각 그 분수대로 돌아가서 만물의 이치로써 각기 같은 종류가 서로 작용한다.70)

이렇게 말하는 뜻은 작품은 주체의 대상이 되어야 하며 이는 같은 주체 내에 있는 정감, 요구, 취미, 애호 등과 불가분의 관계라고 보았기 때문이다.

---

69) 『樂記』, 李澤厚・劉綱紀 / 權德周・由智超・金勝心, 上揭書, p.429.
70) 『樂記』, 李澤厚・劉綱紀 / 權德周・由智超・金勝心, 上揭書, p.437.

예술작품은 일정한 물질매개를 통하여 정감을 표현하는 것이 목적이고 또 그것을 통해 감상하는 사람의 상응하는 감정을 일으킨다. 그리하여 『악기』는 예술가의 개성과 창작 및 작품이 밀접한 관계가 있다고 보았다.

때문에 너그럽고 고요하며 부드럽고 정직한 자는 '송 / 頌'이 마땅한 노래이다. 광대하면서 고요하고 소탈하면서 믿음이 있는 자는 '대아 / 大雅'가 마땅한 노래이다. 공손 검소하면서 예의를 좋아하는 자는 '소아 / 小雅'가 마땅한 노래이다. 정직하고 침착하며 청렴하고 겸허한 사람은 '풍 / 風'이 마땅한 노래이다. 기분이 장대하고 사랑이 많은 자는 '상 / 商'이 마땅한 노래이다. 온순하고 어질면서 결단력이 있는 자는 '제 / 齊'가 마땅한 노래이다. 무릇 노래라는 것은 자기를 바르게 하고서 덕을 충분히 표현하는 것이다. 이에 따라 자신을 표현하여 천지가 이에 응대하고 사계절이 화순하고 뭇별들이 다스려지고 만물이 길러지는 것이다.[71]

이것은 개성이 다른 사람은 각기 개성에 적합한 가곡을 불러야 함을 말한 것이다. 『악기』는 이렇게 예술창조는 예술가의 개성이 진실하고 거짓 없이 표현되는 것과 불가분의 관계에 있음을 인식하고 있다.

---

71) 『樂記』, 李澤厚·劉綱紀 / 權德周·由智超·金勝心, 上揭書, p.442.

徐權－07'

Ⅲ. 유가심미사상과 서법의 형성

Ⅱ장에서 다룬 유가심미사상은 주로 공자와 그 후세의 선진
유가경전에 대한 분석으로 중용이라는 심미사상을 잘 드러내 보
이고 있다. 중용사상은 주로 문학예술 작품을 품평할 때 중요한
기준으로 그 역할을 담당하고 있다.

유가의 또 다른 근본적인 사상은 바로 인본주의인데 중국서법
의 내면에는 다분한 인본주의 사상이 자리 잡고 있다. 본 장을 통
하여 중국서법을 형성하는 여러 가지 요소들을 차례로 분석하고
인본주의적 유가사상을 위주로 하는 심미관점에서 바라보는 진정
한 서법예술이란 어떤 것인지를 살펴보려고 한다.

1. 한자 속의 유가심미사상

1) 한자의 산생

서법/書法이 동양문화예술의 한 장르를 형성할 수 있고 몇 천
년래 흥성불쇠/興盛不衰할 수 있었던 것은 그 서사대상이 바로
한자/漢字라는 데에 있다. '신/神'이 만든 글자가 아니고 '인간'
이 만든 글자인 한자는 바로 '사람(人)' 위에 입각한 문자로서 무

한한 인본주의 사상을 지니고 있다. 이런 인본주의 사상은 당연 유가학자들에 의해 부여된 것이다. 때문에 유가심미사상으로 놓고 볼 때 한자가 무한한 인본주의 사상을 지니고 있기에 한자를 서사대상으로 하는 중국서법은 또한 무한한 생명력을 가지고 있다. 여기서 한자의 산생과 그에 따른 여러 가지 설들에 대해 살펴보고자 한다.

한자의 산생을 『설문』에서 이렇게 서술하였다.

> 옛날에 복희씨 / 伏羲氏가 천하의 왕 노릇을 하는데 우러러 위로는 하늘에서 본을 떴고 숙여서 아래로는 땅에서 본받았는바 새와 짐승의 무늬와 땅의 높고 낮음을 보고 가까이는 몸에서 취하고 멀리는 사물에서 취하여 이에서 비로소 역 / 易의 팔괘를 만들고 헌상 / 憲象을 드리웠다. 신농씨 / 神農氏에 이르러 결승 / 結繩으로 다스리게 되어 그 일을 통괄해서 여러 가지 일들이 번성하게 되고 꾸미는 일이 시작되었다. 황제의 사관 창힐 / 倉頡은 새와 짐승들의 발굽과 발자취를 보고 무늬가 나누어진 것으로 서로 다른 구별이 가능한 것을 알아서 비로소 서계 / 書契를 지었다. 이에 백관은 잘 다스려지고 만물을 살펴 구분이 되었다. 아마도 이것은 쾌괘 / 夬卦에서 그 뜻을 취한 것이리라. 대저 결단을 왕의 궁정에서 나타낸다 함은 말을 王의 조정에서 분명하게 널리 선교하는 것이며 군자가 봉록을 베풀어서 아래에 이르게 함은 이득의 점유를 꺼리기 때문이다.
>
> 창힐 / 倉頡이 처음 글자를 지을 때 대개 같은 동류에 의거하여 모양을 본떴다. 그러므로 그것을 文이라고 이르고 그 후에 모양과 소리가 서로 합쳐졌으니 곧 그것을 자 / 字라고 일컫는다. 자 / 字는 번식을 하여 새끼를 낳아 젖 먹여 기르듯이 점차 많이 불어나게 되었다. 죽백 / 竹帛에 써진 것을 서 / 書라고 하는 데서 / 書란 여(如: 사실과 같다)의 뜻이다.72)

---

72) 許愼, 『說文·序』: "古者庖犧氏之王天下也, 仰則觀象於天, 俯則觀法於地, 觀鳥獸之文與地之宜, 近取諸身, 遠取諸物; 於是始作易八卦, 以垂憲象. 及神農氏, 結繩爲治, 而統其事. 庶業其繁, 飾僞萌生. 黃帝史官倉頡, 見鳥獸蹄迒之跡, 知分理可相別

허신/許愼의 이 말은 비교적 구체적으로 글자가 생겨나게 된 과정과 작용을 유가의 입장에서 서술한 것이라고 할 수 있다. 그 밖에 여러 가지 비슷한 설들이 있는데 예를 들면 아래와 같다.

> 황힐/黃頡이 글자를 만들었는데 사물을 보고 구상하고 새의 자취를 참조하여 문자를 만들었다.73)

> 옛날에 황제가 전장제도/典章制度를 제정하는 데 저송/沮誦과 창힐/倉頡이 서계/書契로 결승/結繩을 대체하려 하여 새의 종적을 보고 사유를 펼쳐 점차 발전하여 글자가 되었다.74)

대체로 문자의 창조는 창힐/倉頡이 하였다는 것이 일반적인 인식이었다. 허신/許愼이 말한 것처럼 "문자는 비록 생활 중의 각종 사물을 서로 분명하게 구분 지어 기재하기 위하여 창조되었다고 하지만 그것의 운용은 정치, 윤리, 도덕과 떨어질 수 없는 것이니 바로 허신/許愼이 말한 '왕자의 조정에서 교화를 선양하여 밝힌다.'는 것과 같이 지극히 존엄한 의의를 가지고 있다." 왜냐하면 "『전/典』과 『분/墳』 같은 대도/大道를 저술하여 나라의 성업을 이룬 것을 말한다면 서/書만큼 한 것이 없을 것이다. 그 뒤로 능한 자들이 현묘함을 더하여 한묵/翰墨의 도/道가 빛이 있게 되었다."75)

異也, 初造書契. 百工以乂, 萬品以察, 蓋取諸夬. 夬,揚於王庭, 言文者, 宣教明化於王者朝庭, 君子所以施祿及下, 居德則(明)忌」也. 倉頡之初作書也, 蓋依類象形, 故謂之文. 其後形聲相益, 卽謂之字. 文者, 物象之本); 字者, 言孳乳而寖多也. 著於竹帛謂之書. 書者, 如也."

73) 西晉·成公綏, 『隷書體』: "黃頡作文, 因物構思, 觀彼鳥跡, 遂成文字.", 吳明南 『書論精髓』, (美術文化院, 2003. 12), p.115.

74) 西晉·衛恒, 『四體書勢』: "昔在皇帝, 創制造物. 有沮誦, 倉頡者, 始作書契以代結繩, 蓋睹鳥跡以興思也, 因以遂滋, 則謂之字." 吳明南 上揭書, p.118.

徐權 – 08'

---

75) 唐・張懷瓘 『文字論』: "闡典, 墳之大猷, 成國家之成業者, 加之以玄妙, 故有翰墨
之道光焉."

2) 한자와 '인 / 仁'

중국인의 근본사상은 옛날부터 '상 / 象'과 '의 / 意'가 밀접하게 연관되어 있었다.

본래 한자란 자연을 관찰하여 이를 묘사한 '상 / 象'이 인간의 화·복·선·악 그리고 정치·윤리·교화와 서로 관계있는 '의 / 意'를 얻게 된 것이다. 다시 말하면 '상 / 象'은 단순히 사람의 밖에 있는 자연산물을 모방하고 기록하며 설명하는 것만이 아니고 중요한 의미가 담긴 사람의 어떠한 사상과 감정을 표현하고 전달하는 것이다. 이렇게 자연에 대한 모방으로부터 시작하였으나 그 의의는 다만 자연을 모방하는 데에 있는 '상 / 象'에 그치지 않고 예술과 감응하는 '상 / 象'에 이르게 된다. 이러한 관념 속에서 "인간과 자연의 통일을 다만 사람의 물질수요에 대한 만족의 측면에서만 파악하는 것이 아니라 이와 동시에 정신도덕上의 의의를 갖추고 있는 것"[76)]으로 유가미학자들은 보았다.

사람은 또한 우주만물 중에 제일 '큰 것'인바 하늘과 같은 위치에 있다. 이 도리를 『설문』에서 찾아볼 수 있는데 허신 / 許愼은 '대 / 大'를 해석할 때 "하늘이 크고 땅도 크며 사람도 크다. 때문에 '대 / 大'자는 사람의 모양을 하고 있다."[77)]라고 말하였다. '천 / 天'과 '대 / 大'자는 갑골문 / 甲骨文과 금문 / 金文에서는 같은 모양을 하고 있다. 즉 사람이 정면으로 서 있는 모습을 형상화한 것인데 ⼤, ⼤와 같다. 하늘만큼 땅만큼 큰 사람의 形象은 오히려 ⼷

---

76) 李澤厚·劉綱紀主編 / 權德周·金勝心 共譯, 上揭書, p.739.
77) 許愼, 『說文』人部: "天大, 地大, 人亦大. 故大象人形."

와 같이 측면으로 서 있는 모습으로 묘사되고 있다.

‘인 / 人’을 우주만물 중에서 제일 귀중한 형상으로 높이 받드는 것은 한자 속에 잘 반영되어 있는데 『설문·인부 / 人部』를 보면 ‘인 / 人’을 이렇게 해석하였다.

> 사람(人)은 천지지간에 그 생명이 제일 귀중한 자이다. 인 / 人의 주문 / 籒文 모양은 사람의 팔과 정강이의 모양이다.[78]

허신 / 許愼의 이 해석은 소전 / 小篆의 尺(人)과 같은 모양을 보고 해석한 것으로 "사람의 팔과 정강이 모양"이라고 한 것은 문자학적 / 文字學的으로 따지면 그리 정확하지는 않다. 하지만 중요한 것은 사람의 모양에 있는 것이 아니라 그가 유가학자의 입장에 서서 말한 "천지지간에 그 생명이 제일 귀중"한 존재가 바로 사람이란 것에 있다.

물론 허신 / 許愼의 이 말은 그가 꾸며낸 것이 아니고 『중용』의 말을 인용한 것이다. 이에 대하여 단옥재 / 段玉裁는 아래와 같이 주석하였다.

> 『예운 / 禮運』에서 말하기를 "사람이라 하는 것은 천지의 덕이고 음양의 교합한 존재이며 귀신의 모인 존재이고 오행의 수려한 기운이다. 또 말하기를 사람이란 천지의 심장이며 오행 / 五行의 끝머리이다. 오미 / 五味를 먹고 오성 / 五聲을 분별하며 오색 / 五色을 입고 사는 존재이다. 금수, 초목이 다 천지의 소생이지만 모두 천지의 마음을 얻지 못하였다. 오직 사람만이 천지의 마음(心)이기에

---

78) 許愼, 『說文』人部: "人, 天地之性最貴者也. 此籒文, 象臂脛之形."

천지가 낳은 만물 중에 제일 귀한 존재라고 하는 것이다. 천지지심
은 바로 사람이기에 천지의 덕과 합할 수 있다. 과실의 심/心도
인/人이라고 하는데 다시 씨앗이 돋아나 초목을 만들고 그 과실을
맺는데 모두 제일 미세한 것으로부터 구전한 몸체를 갖게 되는 존
재이다. '과인/果人'이란 글자를 송나라 이전에 『본초/本草』에서
나 방서/方書, 시가/詩歌의 기재 중에 어느 것 하나 '인/人'으로
쓰지 않은 데가 없다. 명/明나라 때 『본초/本草』를 다시 발간하
면서 모두 '인/仁'으로 고쳐버렸던 것이다. 이치에 맞지 않으므로
배우는 자들은 응당 알아 둬야 할 것이다. 인/仁은 사람의 덕을 말
하는 것이다. 인/人을 인/仁으로 쓸 수 없는바 어찌 과인/果人을
과인/果仁이라 할 수 있겠는가?"79)

　단옥재/段玉載는 오행설/五行說에 근거하여 사람이란 과연 어
떠한 존재인가를 설명하였다. 사람은 천지지심/天地之心인데 '심/
心'은 곧 '핵심/核心 – 과인/果仁'과도 다름이 없다. 단옥재/段玉
載는 과인/果仁의 '인/仁'자가 응당 '인/人'자라고 주장한다. 그
이름의 근원은 '실/實'이 만물의 영혼이고 천지의 심/心인 '인/
人'과 같다는 데서 왔다. '실/實'은 비록 작지만 만물은 그 '실/
實'에서 싹트고 자라나서 온전한 몸체가 된다. 『자휘/字彙』에서
"과실/果實 중의 핵/核을 인/仁이라고 한다."80)라고 하였다. 고전
/古典 속에서 '인/人'과 '인/仁'이 서로 가차/假借되어 쓰이는 경

---

79) 段玉載, 『說文解字注』: "人者, 其天地之德, 陰陽之交, 鬼神之會, 五行之秀氣也.
又曰, 人者, 天地之心也, 五行之端也, 食味別聲被色而生者也. 按禽獸草木皆天地
所生, 而不得爲天地之心, 惟人爲天地之心, 故天地之生此爲極貴. 天地之心爲之人,
能與天地合德. 果實之心亦謂之人, 能復生草木而成果實, 皆至微而具全體也. '果
人'之字自宋元以前, 『本草』方書詩歌記載無不作 '人'字; 自明成化重刊 『本草』,
乃盡改爲 '仁'字, 于理不通, 學者所當知也. 仁者, 人之德也, 不可謂人曰仁, 其可
謂 '果人'曰'果仁'哉?" 인(人)과 인(仁)의 관계에 대해서는 본 장 3절에서 상세히 논
하기로 한다.
80) 『字彙』人部: "果實中核曰仁."

우가 상당히 많은데 예를 들면 아래와 같다.

『釋名』·「釋形體」: "人, 仁也."
『廣雅』·「釋詁」: "人, 仁也."
『論語』·「顔淵」: 皇侃, 疏: "人, 猶仁也."
『孟子』·「盡心·下」: "仁也者, 人也."
『春秋繁露』·「仁義法」: "仁者, 人也."
『家語』·「哀公問政」: "仁者, 人也."81)

상기의 말들을 종합해 보면 인/人과 인/仁이 가차/假借되어 쓰이게 된 데는 두 가지 원인이 있다. 첫째, 인/人은 천지만물의 핵심/核心이고 둘째, 인/人의 귀중한 점은 '생/生'에 있기 때문이다. 『강희자전·인부/人部』에 "정호/程顥가 말하기를 심/心이란 곡식의 종자와 같은 것으로 생/生의 본성을 가지고 있는데 그것을 바로 인/仁이라고 한다."82)고 하였다. 이 말에서 알 수 있는 것은 '심/心'과 '인/仁' 또한 다르지 않다는 도리이다.

만물의 영장인 사람이 천지만물의 핵심이 되고 아울러 만물을 낳고 낳는(生生) '씨앗(仁)'이 된다는 점은 아래 문장을 통하여 더 한층 이해할 수 있다.

농경을 위주로 하는 중국인들에게 자연 혹은 하늘은 공포의 대상이 아니라 감사의 대상이었다. 자연은 말이 없으나 계절은 변함이 없이 철에 따라 바뀌고 결과로써 만물을 낳는다. 그 생생(生生)의 이치는 봄에는 싹을 틔우고 여름에는 자라게 하고 가을에는 열매를 수확하여 씨앗을 확보하게 하고 겨울에는 봄의 生을 위하여

---

81) 최영찬 외 上揭書, p.21.
82) 『康熙字典』人部: "程顥曰, 心如穀種. 生之性, 便是仁."

씨앗을 땅속에 감춘다. "겨울이 되면 그 씨앗을 땅속에 감춘다." 여기서 '씨앗'은 곧 핵심(核心)이라고 할 수 있다. 핵심은 곧 '생생불식'의 이치를 가지고 있기 때문이다. '핵심'은 곧 '인/人'과 연결되며 아울러 사람의 심/心과도 연결된다. 사람의 심/心을 허신/許愼이 "토장/土藏"이라고 한 것은 비록 오행설/五行說에서 따온 것이지만 "씨앗을 땅속에 감춘다."의 뜻도 내포하고 있다. 이런 생생의 이치는 그침이 없고(生生不息) 어김이 없다. 중국의 유가와 도가는 이런 생생의 이치를 도와 연계하여 설명하고 있다. 도 혹은 천도의 속성 中 가장 기본적인 것은 '끊임없이 만물을 낳는다.'는 생생의 이치라고 할 수 있다. 이 생생의 이치는 천지가 만물을 낳는 천지지심으로 이해되고 이 천지지심은 형이상학적 인/仁과 연계되어 나타난다.[83)

결과적으로 "천지지심"인 사람은 서로 사랑하는 마음, 다시 말하면 '인/仁'을 바탕으로 하는 마음[84)이 있어야 한다는 것이다. 그리하여 "인학/仁學을 기초로 하여 개인의 인격에 '인/仁'을 심어줌으로써 사회의 화해발전을 이룩"[85)하는 것이 곧 공자를 비롯한 "제자백가/諸子百家"의 기본취지이며 궁극적인 철학사상이기도 하다. 때문에 공자는 "문예는 외재적인 도구가 아닌 인간의 성정을 깨우치고 수양시켜 그들이 '인/仁'이라는 내재적인 기능에서 즐거움을 찾도록 한다.[86)고 하였다.

공자는 "사람이 도를 크게 할 수 있는 것이지 도가 사람을 크게 하는 것은 아니다."[87)라고 하였다. 이 구절에 대한 주희/朱熹의 해석은 다음과 같다.

---

83) 조민환, 『중국철학과예술정신』, 예문서원 1998, 8, p.47.
84) 許愼, 『說文』, "仁, 親也."
85) 李澤厚 외 / 權德周 외 譯, 『中國美學史』, (동문선 2001. 9), p.129.
86) 上揭書, 같은 쪽.
87) 『論語』· 衛靈公: "人能弘道, 非道弘人."

> 사람을 떠나서 도가 있는 것은 아니고 도를 떠나서 사람이 있는
> 것이 아니다. 사람의 마음은 깨달음이 있으나 도체는 무위이기
> 때문에 사람이 그 도를 크게 할 수 있어도 도는 그 사람을 크게
> 할 수는 없는 것이다.[88]

"사람이 그 도를 크게 할 수 있다."에서 "그 도"는 바로 "사람
의 도"라는 뜻이다. 아울러 "도는 그 사람을 크게 할 수 없다."에
서 말하는 도 역시 "사람의 도"이다. 사람과 도는 불가분의 관계
에 놓여 있는바 공자의 이 말은 인간 중심적인 도의 해석이라고
할 수 있다. 『사서혹문 / 四書或問』에서는 공자의 이 말을 다음과
같이 해석하고 있다.

> 사람은 도가 깃들인 곳이고 도는 사람이 되는 이치가 되는 것이
> 므로 각각 따로 놓고 볼 수는 없다. 사람은 지혜와 생각이 있기
> 때문에 자신이 가진 이치를 크게 할 수 있는 것이다. 그러나 도
> 는 형체가 없는 것이므로 스스로 기탁한 사람을 어찌 크게 할 수
> 있겠는가![89]

"도가 천하만물의 근원임에도 불구하고 사람을 크게 하지 못하
고 오히려 만물 중의 한 가지에 불과한 사람이 자신의 바탕이 되
는 도를 넓힐 수 있다는 뜻인데 표면적으로 본다면 분명히 앞뒤
가 뒤바뀐 주장으로 생각된다. 도가 만물의 근원이라면 만물은 도
에 의지하여 존재하고 궁극적으로는 도에 귀속된다고 하는 것이

---

88) 『論語』衛靈公·朱熹注: "人外無道, 道外無人, 然人心有覺, 而道體無爲, 故人能大
其道, 道不能大其人也."
89) 『四書或問』: "人卽道之所在, 道卽所以爲人之理, 不可殊觀, 但人有知思, 則可以大其所有
之理, 道無方體, 則豈能大其所托之人哉." 이상우, 『동양미학론』, (시공사, 2002, 2), p.45.

상식적이고 논리적인 추리라고 할 수 있을 것이다."90)

　하지만 이것이 바로 공자학파의 인본주의적 사상을 잘 드러낸 대목이라고 할 수 있다. 위의 인용문에서 "사람은 지혜와 생각이 있기 때문에 자신이 가진 이치를 크게 할 수 있는 것이다."라고 한 것은 유식학적인 의미에 의하면 '식 / 識'이라고 할 수 있는데,91) "사유하는 본질"과 "깨달음의 본질"을 띠고 있는 사람이야말로 '천지지심'으로 될 수 있으며 비로소 '도'를 크게 할 수 있다는 도리와 다름이 없는 것이다.

　유가의 이런 주장은 도가와 전혀 다르다. 노자가 강조한 것이 "도법자연"이라면 장자가 강조한 것은 "'천지에는 위대한 아름다움이 있으나 스스로 말하고 자랑하지 않음(天地有大美而不言)이다.' 유가는 인위적인 제작과 외재적인 공리를 강조하고 있는 데에 비하여 도가는 자연 - 즉 아름다움과 예술을 독립시킬 것을 두드러지게 나타내고 있었다."92)

　위의 인용문에서 "도가 만물의 근원"이라고 해석함은 도가의 입장에서 해석한 것이라고 보인다. 왜냐하면 유가의 입장에서 이해하는 만물의 근원은 당연히 '인 / 人 - 인 / 仁'이기 때문이며 유가에서의 도는 곧 인 / 仁을 실현하는 것이기 때문이다.

　다시 문자학 속으로 돌아가서 '인 / 仁'에 대하여 좀 더 알아보기로 하자.

---

90) 이상우 上揭書, 같은 쪽.
91) 김형효『하이데거와 화엄의 사유』, (청계출판사 2002, 6), p.105 "다른 존재자와 인간이 다른 점은 인간이 '사유하는 본질'을 띠고 있다는 것이다. 이 본질을 유식학에서는 '識'이라 부른다."는 부분 참조.
92) 李澤厚 지음 / 尹壽榮 옮김 上揭書 p.171.

인/仁의 이체자/異體字에는 인/忈자가 있는데『설문』에서는 "인/仁은 친/親이라는 의미를 지니고 있다. 인/人과 이/二를 따른다. 고문/古文 인/忈의 인/仁은 천/千과 심/心을 따른다."93)고 해석하였다.

인/仁(忈)이 천/千과 심/心을 따르는 것은 "오직 인자/仁者만이 중심/衆心을 복종시킬 수 있기 때문이다."94)고 한다. 여기서 말하는 중심/衆心은 곧 천심/千心과 다르지 않다. 또 인/仁의 이체자/異體字에는 인/忈과 같은 것이 있는데 이/二와 심/心으로 이루어진 글자이다. 인/仁을 忈와 같이 쓸 수 있는 것은 한자에서 인/人과 심/心이 서로 호환되어 쓰이는 데에서 비롯된 것이다. 인/人과 심/心이 서로 호환되어 쓰일 수 있는 것은 사람에게 있어서 마음(心)의 중요성을 가늠케 하는 중요한 증거이기도 하다.

위의 내용을 종합해 보면 아래와 같다.

첫째, 문자의 운용은 정치, 윤리, 도덕과 떨어질 수 없는 것이다.

둘째, 사람은 하늘만큼 땅만큼 큰 존재이다.

셋째, 우주만물 중에서 사람의 생명이 제일 귀중한 존재이므로 사람이 곧 천지지심으로 될 수 있는 근거이다.

넷째, 사람이 천지지심이 될 수 있는 것은 바로 인/仁에서 비롯된 것이다.

다섯째, 인/仁이란 서로 사랑하는 마음에서 비롯되는 것이며 생

---

93) 『說文』人部: "古文仁從千從心."
94) 『字彙』: "唯仁者能服衆心, 故千心爲仁."

생불식 / 生生不息의 이치이다. 유가에서 한자의 구성을 이렇게 사람 위주로 해석을 하고 사람을 우주만물 중의 제일 귀중한 존재로 치켜세운 것은 결국은 인 / 仁을 실행하여 사람을 교화시켜 사회의 화해발전을 꾀한 통치자들의 통치사상을 엿볼 수 있는 대목이기도 하다.

徐權 − 06'

3) 문이재도 / 文以載道

문이재도 / 文以載道의 사상은 『설문』에서도 잘 드러나는데 예를 들면 허신 / 許愼은 왕 / 王자를 다음과 같이 해석하고 있다.

그는 "왕 / 王이란 천하가 귀속되는 것이다."[95]라고 한 다음 동중서 / 董仲舒의 말을 인용하여 말하기를 아래와 같다. 옛날 문자를 만든 사람이 세 획의 가운데를 이어놓고 그것을 왕 / 王이라고 하였다. 세 획은 천지인 / 天地人을 뜻하는데 천지인을 모두 헤아려서 통한 자를 왕 / 王이라 부른다. 공자가 말하기를 "셋을 하나로 꿰뚫은 자가 왕 / 王이다"고 하였다.[96]

『설문』의 「삼부 / 三部」에서는 "삼 / 三이란 천지인 / 天地人의 도이다."[97]라고 하였다. 공자가 진실로 "삼을 하나로 꿰뚫은 자가 왕이다."라고 하였는지에 대해서는 역대 문자학자나 역사학자들은 아무런 의의도 내놓지 않았다. 춘추전국 시기에 살았던 공자가 왕권을 숭상하는 사상을 가지고 있는 것은 어찌 보면 그의 중요한 정치사상의 한 부분이라고 할 수 있기 때문이다.

사실상 왕 / 王자는 가골문 / 甲骨文이나 금문 / 金文에서 입 / 立(𢎜)자 혹은 도끼(王)나 불(火)의 모양[98]이다. 여기서 알다시피 허신 / 許愼, 동중서 / 董仲舒, 공자의 해석과 같은 왕 / 王자의 모습은 갑골문 / 甲骨文에서나 금문 / 金文에서는 찾아볼 수 없다. 이 글자

---

95) 許愼, 『說文』王部: "王, 天下所歸往也."
96) 許愼, 『說文』王部: "董仲舒曰, 古之造文者, 三畫而連其中謂之王, 三者天地人也, 而參通之者王也, 孔子曰, 一貫三爲王."
97) 許愼, 『說文』三部: "三, 天地人之道也."
98) 王자의 初文이 과연 무엇인가에 대하여 지금까지 논란이 일고 있다. 初文이 도끼모양, 立자의 모양, 土자의 모양, 火자의 모양…… 등등 의견이 서로 엇갈리고 있다.

에 대해서 불(火)의 모양이라는 학자들도 있고, 사람이 앉아 있는 모양이라는 학자도 있으며, 도끼 모양이라고 주장하는 학자들도 있다.99) 하지만 불(火)의 모양이든지 아니면 사람이 앉아 있는 모양이든지 혹은 도끼 모양인지를 불문하고 모두가 천지인 / 天地人과 아무런 상관이 없다. 그렇다면 어찌하여 한자가 원래의 본의를 떠나서 이처럼 인본주의적인 인신의 / 引伸意를 띤 글자로 변하였을까 하는 것을 생각해 보지 않을 수 없다.

천하의 첫 자전 / 字典이라고 불리는 허신 / 許愼의 『설문』은 문자를 해석한 "문자학서 / 文字學書"라고 하지만 사실 허신 / 許愼이 "이 책을 저술한 목적은 경전 / 經典을 해석하기 위해서이다." "『설문』이란 책의 내용은 대체로 세 개 방면으로 되어 있다. 즉 글자풀이, 경전해석, 문화탐색이다. 한자는 정보와 문화를 싣고 있는 실체이다."100) "유관학자들의 통계에 따르면 『설문』에는 『역 / 易』을 79곳, 『서 / 書』를 159곳, 『시 / 詩』를 442곳, 『예 / 禮』를 139곳, 『논어 / 論語』를 31곳, 모두 1305곳에 인용하였다. 그리고 기타 고적 / 古籍에서도 인용하였는데 예를 들면 『국어 / 國語』에서 20곳, 『사편 / 史篇』에서 3조, 『여씨춘추 / 呂氏春秋』에서 2곳, 『회남자 / 淮南子』에서 4곳, 『한률령 / 漢律令』에서 20곳…… 모두 78곳에서 인용하였다."101) 이와 같이 수많은 경전 / 經典을 인용한 목적은 "사람들이 한자의 표의공능 / 表意功能을 충분히 이용하였

---

99) 王寧等 著, 『說文解字與中國古代文化』, (遼寧人民出版社, 2000. 1), p.39: "淸代學者吳大澂認爲, '王'的初形是火, 是火從地下噴出的形象. 王國維同意他的看法. 今人徐仲舒釋'王'像人端拱而坐的形象. 吳其昌, 林沄則認爲, '王'字本意是斧鉞."
100) 上揭書, p.40: "許愼撰此書的目的, 是爲了解釋經典. ……『說文』這部書的內容, 實際上有三個方面: 說字, 解經, 談文化. ……漢字是信息的載體, 文化的載體."
101) 張震澤, 『許愼年譜』, (遼寧大學出版社), p.118, 王.

다는 것을 알 수 있는바 이런 문화가 '왕 / 王'자라는 글자의 형체 결구 / 形體結構 중에 농축되어 있어 '왕 / 王'의 의미를 영구화하였던 것이다. 이렇게 볼 때 허신 / 許愼은 표면에서 글자풀이를 하는 것 같지만 사실상 문화를 말하고 있는 것이다. 즉 설자 / 說字, 해경 / 解經, 담문화 / 談文化, 이 삼자는 일치되는 것이다.102)

위의 문장을 종합해 보면 한마디로 "문이재도 / 文以載道"103)라고 할 수 있다. 왜냐하면 한자는 비록 사물의 형상을 본떠서 만든 '상형' 글자라고 하지만 글자 속에는 "오경륙적 / 五經六籍"의 '도'가 내포되어 있는바 형식의 아름다움과 내용의 풍부함을 두루 갖추어 가히 '문 / 文'과 '질 / 質'이 '빈빈 / 彬彬'104))한 문자라고 할 수 있기 때문이다.

유가의 인식과 반대로 장자 / 莊子는 '글'에 대하여 아래와 같이 "신비로운 느낌이 들기까지 하는 견해"를 피력하였다.

> 도를 배움에 있어서 세상에서 귀중히 여기는 것은 글이다. 글이란 말에 지나지 않으니 말이 귀중한 것이 된다. 말이 귀중한 까닭은 뜻이 있기 때문인데 뜻이란 추구하는 것이 있는 것이다. 뜻이 추구하는 것은 말로써 전할 수 없는 것이다. 그런데도 세상에서는 그 때문에 말을 귀중히 여기며 글을 전한다. 세상에서는 비록 그것들을 귀중히 여기지만 나는 귀중히 여길 게 못 되는 것이라고 본다. 세상에서 귀중히 여기는 게 귀중한 게 못 되는 까닭이다.105)

---

102) 寧等著, 『說文解字與中國古代文化』, (遼寧人民出版社, 2000. 1), p.40.

103) 宋·周敦頤, 『通書·文辭』: "文, 所以載道也. 輪轅飾而人弗庸, 徒飾也, 況虛車乎? 文辭, 藝也; 道德, 實也."

104) 『論語·雍也篇一十八』: "子曰: 質勝文則野, 文勝質則史. 文質彬彬, 然後君子."

105) 『莊子·天道』: "世之所貴道者, 書也. 書不過語, 語有貴也. 語之所貴者, 意也, 意有所隨. 意之所隨者, 不可以言傳也, 而世因貴言傳書. 世雖貴之, 我猶不足貴也,

장자 / 莊子의 이 말에 대하여 여러 학자들이 의논이 분분한데 그중 이택후 / 李澤厚의 말을 들어보면 아래와 같다.

"유가에서 강조하고 있는 것은 감각과 정서의 정상적인 만족과 발산이다. 이는 사회·정치를 위하여 예술이 봉사해야 한다는 실용적이고 공리적인 성격을 바탕에 깔고 있다. 이에 비하여 도가에서 강조하고 있는 것은 인간과 외계대상사이의 초공리적인 무위관계, 즉 심미관계이다. 이는 내재적·정신적·실질적 아름다움이며 예술창조의 비인식적 법칙이다. 만약 유가가 후세의 문학·예술에 미친 영향이 주로 주제·내용에 있다고 한다면 도가 / 道家는 주로 창작의 법칙, 즉 심미에 있다고 할 수 있을 터이다. 그리고 예술이 독특한 의식형태를 이루고 있는 그 중요한 특성이 바로 이 심미법칙에 있는 것이다."106) 유가의 미학적 관점으로 놓고 볼 때 문학·예술의 眞正한 가치는 그 주제와 내용에 있는데 이로부터 알 수 있는바 유가의 심미관점도 바로 그 기초 위에서 세워졌기 때문에 작품의 '내용'을 주요 심미대상으로 하고 있는 것이다.

"만약 유가가 후세의 문학·예술에 미친 영향이 주로 주제·내용에 있고 도가는 주로 창작의 법칙, 즉 심미에 있다."고 한다면 순수 유가심미사상의 틀에 맞추어지는 예술은 커다란 폐단을 안고 있을 것이 분명하다. 하지만 순수한 도가미학의 틀에 맞춘 예술도 만약 주제와 내용을 도외시한다면 그 또한 무한한 폐단을 초래하게 될 것이다.

爲其貴非其貴也." 李澤厚 지음, 尹壽榮 옮김 上揭書, p.173.
106) 李澤厚 지음, 尹壽榮 옮김 上揭書, p.173.

　다행이도 유가와 도가는 “서로 병립적으로 존립하는 것이 아니라 서로를 관통하면서 하나의 중간을 통과”하고 있고 전혀 모순 속에서 상충하지 않고 “차이 속의 동거”[107]의 형식을 취하고 있으므로 서법예술이 부단한 발전을 거듭하고 있다.

---

107) 김형효 上揭書, p.108.

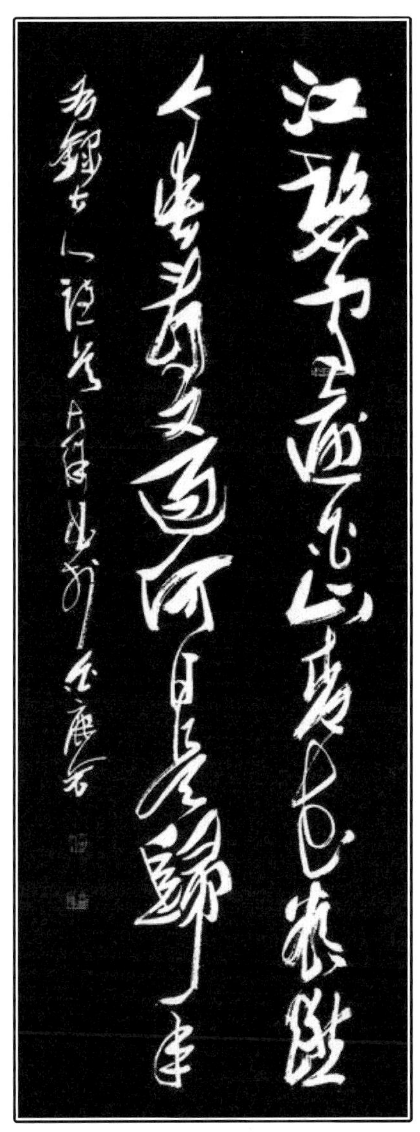

徐權 - 07'

2. 용필 / 用筆과 결체 / 結體가 받은 유가심미사상의 영향

1) 용필 / 用筆

용필이라고 하는 것은 글자의 뜻 그대로 붓(毛筆)을 사용하여 글씨를 쓰는 것을 말한다. 한자와 붓이 만나 기묘한 서법예술이 형성되는바 한자가 가지는 인본주의 사상과 용필이 가지는 인본주의 사상이 서로 결합하여 끈끈한 쌍중체제 / 雙重體制의 인본주의적 서법예술체계를 이룩한다.

허신 / 許愼은 붓(聿)의 뜻을 풀이하여 말하기를 "붓(聿)이기 때문에 글을 쓰는 것이다."108)라고 하였다. 붓의 별칭으로 한 / 翰이라 부르기도 한다. 『설문』에서는 "한 / 翰이란 천계 / 天雞의 붉은 깃이다."109)라고 하였다. 『옥편』과 『역 / 易』에서는 "나는 것이다."110)라고 해석하였다.

"깃" 혹은 "날다"의 뜻을 가진 한 / 翰이 '붓'이라는 뜻을 가지게 된 것은 깃털로 글을 썼던 까닭에서 비롯된 것이다.111) 고대에 쉽게 취할 수 있었던 것이 닭이나 새의 깃털이었을 것이고 그것으로 글씨를 쓰거나 그림을 그렸으니 '한 / 翰'이 곧 '율 / 聿'이었던 까닭이다. 아울러 '조적 / 鳥跡'에서 기인한 '자획 / 字劃'을 표현하는 데는 새의 '깃'으로 만든 붓이 제격이었을 것이다. 갑골문 / 甲

---

108) 說文, 卷三, 聿部: "聿, 所以書也."
109) 說文, 卷三, 羽部: "翰, 天雞赤羽也."
110) 『玉篇』: "飛也." 『易 · 』中孚: "翰音登于天. 「注」: 翰, 高飛也."
111) 『正音』: "凡稱書翰者, 謂以羽翰爲筆以書." 『前漢 · 楊雄傳』: "故籍翰林以爲主人, 子墨爲客卿以風."

骨文과 금문 / 金文에서의 율 / 聿자는 &와 같이 손으로 붓(깃)을 쥐고 있는 모양이며 후에 대나무 의부 / 義部를 첨가하여 필 / 筆자를 만들었다.

붓의 명칭에는 여러 가지 있는데 허신 / 許愼에 의하면 "초 / 楚에서는 율 / 聿이라 불렀고 오 / 吳나라 사람들은 률 / 律이라 불렀으며: 연 / 燕에서는 불 / 弗이라 불렀고 진 / 秦나라에서는 필 / 筆이라 불렀다."112)고 한다.

진 / 秦나라 때 육국을 통일하고 "나무로 대를 만들고 사슴 털로 기둥을 세우고 양털을 입혀서 '창호 / 蒼毫'라고 하는 붓을 만들었는데 붓대는 붉은 칠하여 사관들이 기록용으로 쓰게 하였다."113)고 한다. 이것이 최초로 되는 새의 깃이 아니고 사슴이나 양털로 만든 붓이 사용되기 시작한 기록이다.

채옹 / 蔡邕(132 - 192)은 『구세 / 九勢』에서 "붓은 오직 연 / 軟하여야만 기괴함이 생긴다."114)라고 하였다. "기괴함"이란 붓끝에서 만들어지는 글자의 모양을 주로 말하는 것인데 이는 한자가 자연에서 비롯되어 온갖 사물을 본받은 것이므로 다시 그것을 '자연'으로 재현하는 붓의 중요성을 강조한 것이다.

자획 / 字劃이 처음 만들어질 때 조적 / 鳥跡에서 비롯되었다고 하였다. 창힐 / 倉頡이 성인 / 聖人의 뜻을 따라 법칙을 만들고 문

---

112) 說文, 卷三 聿部: 楚謂之聿, 吳謂之不律, 燕謂之弗. 從聿一聲. 凡聿之屬皆從聿. 余律切 「注」: 翰, 筆也."

113) 『說文』: "楚謂之聿, 吳人謂之不律, 燕謂之弗, 秦謂之筆."; 『古今注』: "古之筆, 不論以竹以木, 但能染墨成字, 卽謂之筆. 秦呑六國, 滅前代之美, 故蒙恬得稱於時. 蒙恬造筆,卽秦筆耳. 以枯木爲管, 鹿毛爲柱, 羊毛爲被, 所謂蒼毫也. 彤管赤漆耳, 史官記事用之."

114) 蔡邕 『九勢』: "惟筆軟則奇怪生焉."; 姚淦銘, 『漢字與書法文化』, (廣西敎育出版社, 1999. 7), p.16.

자를 제정하였으니 기본체는 여섯 가지가 있었는데 그 교묘함이 입신 / 入神의 정도였다. 어떤 체 / 體는 거북무늬처럼 균열 / 龜裂되어 있고, 어떤 체 / 體는 용의 비늘마냥 즐비하며, 얽혀 감싼 듯 꼬리를 늘어뜨린 듯 혹은 긴 날개에 짧은 물체인 양 수그린 모습은 벼나 기장이 이삭을 드리운 듯하며 온축된 모습은 용이나 뱀이 서린 것 같다. 물결일 듯 획을 펼치고 용이 비약하고 새가 날갯짓하듯.[115] 빠르기는 놀란 뱀이 길을 잃은 것 같고 느리기는 푸른 물이 서서히 흐르는 것 같으며 느슨하기는 까마귀가 스르르 나는 것 같고, 급하기는 까치가 내닫는 것 같으며 빼어난 모양은 꿩의 부리 같고 점은 토끼를 내던진 것 같다.[116]

이러한 '글자'를 어떻게 써 낼 수 있을까? 전혀 감이 잡히지 않고 도저히 써 낼 수 없는 것이다.

왜냐하면 중국서법에서 한자로 표현하려는 것은 일반적인 서사활동과는 전혀 판이한 것으로 주로 글자의 '의상 / 意象'을 표현하는 것이며 더 나아가서 서법의 최고의 경지인 '의경 / 意境'을 형성하는 것이기 때문이다.

"의경 / 意境은 인간과 자연, 사물과 나, 경 / 景과 정 / 情의 통일이다. 자연의 경물은 객관적인 것으로 경물에 감동되어 정감이 일어나고: 정감은 객관적인 것으로 경물에 의지하여 뜻을 나타낸다. 정 / 情과 경 / 景, 물 / 物과 나, 객관과 주관이 혼연일체 된 의상 /

---

115) 蔡邕 『篆書勢』: "字劃之始, 因於鳥跡, 倉頡循聖, 作則制文, 體有六篆, 巧妙入神, 或龜文鍼裂 或櫛比龍麟, 紆體放尾, 長翅短身, 頹若禾稷 之垂穎, 蘊若龍蛇之芬縕 揚波振劃, 龍躍鳥震."; (『歷代書法論文選, 華正書局, 民國77年), p.35.
116) 蕭衍, 『草書勢』, "疾若驚蛇之失道, 遲若綠水之徘徊, 緩則鴉行, 急則鵲厲, 抽如雉喙, 點如兎擲."; 김병기 「書法, 書道, 書藝, 어떤 명칭을 사용할 것인가」(『서예학연구』, 제호 2006. 3), p.17.

意象이 바로 의경 / 意境이다.”117) 허신 / 許愼이 말한 “붓이기 때문에 글자를 쓸 수 있다.”는 도리가 바로 서법이 표현하고자 하는 것이 그 ‘의경 / 意境’에 있기 때문이라는 것을 알 수 있다. 왜냐하면 이렇게 기괴한 문자를 표현하려면 경필로는 표현할 방법이 없기 때문이다. 붓으로 글씨를 쓰는 활동이 예술로 승화할 수 있는 원인의 하나가 그 서사 / 書寫대상이 한자라는 데에 있다면 다른 원인의 하나는 바로 붓으로 ‘의경 / 意境’을 표현하는 데에 있다.

반드시 연필 / 軟筆이어야 충분히 상상 밖의 효과를 불러올 수 있으며 ‘기괴’한 모양을 연출할 수가 있다. 서법의 이런 ‘기괴’한 모양을 연출하려면 반드시 그 용필 / 用筆을 배워야만 한다. 그리하여 서법이론가들은 다음과 같이 말한다.

> 서법에는 체제와 격식과 판국이 있는데 배우지 않으면 안 된다. 만약 배우기를 잘하지만 타고난 소질이 모자란다면 글자는 비록 공정하게는 쓸 수 있겠지만 성패, 우여곡절, 완전, 비등 등 묘용은 얻을 수 없는 것이다. 만약 타고난 소질이 아무리 좋다 해도 열심히 배우지 않으면 필세 / 筆勢가 비록 웅건 / 雄建하기는 하지만 구게 / 鉤揭, 도송 / 導送, 제창 / 提搶, 절예 / 截曳 등 법칙은 숙습할 수 없는 것이다.118)

필법 / 筆法에는 성패 / 成敗, 우열 / 優劣 곡절 / 曲折, 완전 / 婉轉, 비등 / 飛騰, 구게 / 鉤揭, 도송 / 導送, 제창 / 提搶, 절예 / 截曳와 같은 여러 가지 용필법 / 用筆法이 있는데 사실 글자의 모양과 필법

---

117) 周來祥 저, 남석헌. 노장시 옮김, 『中國古典美學』, (미진사 2003. 12), p.13.
118) 項穆, 「書法雅言」, “書有體格, 弗學ᄏ弗知. 若學優而資劣 作字雖工, 盈虛舒慘, 回互飛騰之妙用弗得也. 若資邁而學疏, 筆勢雖强 鉤揭導送, 提搶截曳之權度弗熟也.”; 潘運告, 『明代書論』, (湖南美術出版社, 2002. 11), p.205.

은 불가분의 관계에 있으므로 서론 / 書論에서는 결구 / 結構와 용
필 / 用筆을 별로 구분하여 말하지 않고 있다. 왜냐하면 결구 / 結
構와 용필 / 用筆은 사실상 불가분의 관계에 있는바 결구 / 結構는
용필 / 用筆로 표현되고 용필 / 用筆이 표현하고자 하는 것이 또한
결구 / 結構이기 때문이다.

상기 인용문에서 말하는 타고난 '소질'이라는 것은 한 면으로
천성적인 예술적 바탕이라는 뜻도 있지만 다른 한 면으로 사람에
게 내在한 '인 / 仁'을 뜻한다. 왜냐하면 서법에서 용필 / 用筆을 배
우는 것은 사람으로 되는 도리를 배우는 것과 같기 때문이다. 서
법은 사람의 성정 / 性情을 불러일으키고 수양시키는 예술인바 그
역할은 용필 / 用筆이 담당하고 있다. 그리하여 옛사람들은 또 아
래와 같이 말하였다.

> 초학者들은 임서 / 臨書 외에는 다른 방법이 없다. 임서를 통하여 필
> 의 / 筆意를 얻고 글자의 결구를 얻게 된다. 임서는 오래 하기보다
> 는 많이 보고 많이 깨닫고 많이 상의하고 많은 변통이 있는 것이
> 더 좋다.119)

오직 옛사람의 법첩 / 法帖에 따라 임서하고 자연에서 보고 듣
고 마음으로 느끼면서 변통을 꾀하는 것이 서법의 용필법 / 用筆
法을 얻는 유일한 방법이다. 이 말속에는 또 다른 의미심장한 말
이 있다. 즉 '서 / 書'가 '인 / 人'과 다르지 않기 때문에 '임서'는
곧 '그 사람'을 따라 배우는 것이라는 도리가 내포되어 있다. '그

---

119) 周星蓮, 『臨池管見』: "初學不外臨摹 臨書得其筆意, 摹書得其間架. 臨摹旣久, 則莫
如多看, 多悟, 多商量, 多變通."; 潘運告, 『淸代書論』, (湖南美術出版社, 2002. 11).

사람’이란 곧 작가를 말하는 것으로 ‘그 사람’의 ‘뜻(筆意)’을 따라 배워 ‘그 사람’과도 같은 ‘인격(결구 / 結構)’을 갖추도록 하는 것이 ‘임서’의 비결이다.

> ‘유독초학’자들은 임서하지 않으면 안 된다. 임서를 통하여 손이
> 절도가 있게끔 하여야 하는데 이래야만 성취가 있을 수 있다. 임
> 서하는 것은 반드시 옛사람들의 명필이어야 하는데 책상머리에
> 놓거나 좌석의 곁에 걸어 놓고 조석으로 보고 그 용필 / 用筆의
> 원리를 생각하고 난 연후에 임모 / 臨摹하여도 좋다.[120]

용필 / 用筆의 원리는 반드시 아침저녁으로 사고하고 손으로 따라 연습을 하여야만 터득할 수 있다고 한다. 여기서 중요한 것은 글자의 ‘기괴’함은 가히 따라 배울 수 있는 것이지만 용필 / 用筆의 원리는 아무리 배워도 안 될 수도 있다는 데에 있다. 왜냐하면 ‘용필 / 用筆의 원리’는 반드시 마음으로 깨닫고 느껴야 하기 때문이다. 그리고 마음이 중심이 되어 이루어지는 것이 바로 서법예술이기 때문이다. 그리하여 청 / 淸나라의 주화갱 / 朱和羹은 이렇게 말했다.

> 임지 / 臨池하는 방법에는 결구 / 結構와 용필 / 用筆밖에 없다. 결
> 구 / 結體는 힘써 배우면 되는 것이지만 용필 / 用筆의 오묘함은
> 심령 / 心靈과 연관되는 것이다. 그러기 때문에 고서 / 古書를 많이
> 읽고 고첩 / 古帖을 많이 임서하고 그 모든 것들을 마음에 담아서
> 용필 / 用筆에 운용하여만 자유롭게 용필 / 用筆을 할 수 있게 된

---

120) 薑夔 『續書譜』, “唯初學者不得不摹, 亦以節度其手, 易於成就, 皆須是古人名筆, 置之幾案, 懸之座右, 朝夕諦觀, 思其用筆之理, 然後可以摹臨.”; 潘運告, 上揭書.

다. 마치 가을 하늘을 나는 매가 번뜩이는 눈빛으로 푸른 하늘을
날면서 토끼를 찾듯이 남다른 안광이 있어야만 용필 / 用筆의 방
법을 얻을 수 있다.121)

용필 / 用筆의 관건은 '마음'에 있다고 한다. 붓이 아무리 "기괴"
한 연출을 한다고 하지만 결과적으로 그것은 사람의 마음에 달렸
다는 뜻이다. 왜냐하면 사람에게 있어서 중요한 것은 마음이기 때
문이다. 마음이 움직이면 붓도 따라서 움직이는 법이다. 그리하여
용필 / 用筆을 배우는 것은 항상 마음가짐을 바르게 하고 언제 어
디서나 한마음으로 학업에 열중하여야만 한다.

또 배울 때 서첩을 반복的으로 펼쳐 보고 글자마다 자세히 임
서하는 것이 중요한 것이 아니라 길을 걷거나 가만히 있을 때나
앉아 있을 때나 누워 있을 때를 막론하고 늘 경 / 經을 가까이하
여 눈에 익게 하여야 한다. 이것이 습관이 되어 오랜 시일이 지나
면 자연이 깨달음의 경지에 이르게 되는데 그때 가서 아무렇게나
붓을 움직여도 신통력이 생기게 되는데 이것이야말로 배움의 정
수인 것이다.122)

이 말은 고도로 되는 훈련을 거쳐 붓과 나, 나와 붓이 혼연일체
가 되도록 하여야 한다는 도리를 설명하고 있다. 나와 붓이 혼연
일체가 되는 것이 바로 서법의 '의경 / 意境'에 다다르는 길이다.

---

121) 朱和羹, 『臨池心解』, "臨池之法: 不外結體, 用筆. 結體之功在學力, 而用筆之妙關
性靈. 苟非多閱古書, 多臨古貼, 融會於胸次, 未易指揮如意也. 能如秋鷹博兔, 碧
落摩空, 目光四射, 用筆之法得之矣!", 潘運告, 上揭書.

122) 南宋·陳槱, 『負暄野錄』, "又學時不在旋看字本,逐畫臨仿,但貴行,住,坐,臥常諦玩,經目著
心.久之,自然有悟入處.信意運筆,不覺得其精微,斯爲善學."; 潘運告, 『宋代書論』, (湖南美
術出版社, 2002. 11).

하지만 배움에는 두 가지가 있는데 하나는 남의 것을 답습하는 데 그치는 것이고 다른 하나는 공부를 통하여 자기의 독특한 풍격을 형성하는 것이다. 전자는 평생 '나의 것'이 없는 사람이고 창의적인 사람이 못 된다. 그저 옛사람의 복사기 노릇을 하는 데 그치고 만다. 하지만 서법을 배움에 있어서 반드시 '자기의 것'이 있어야 한다. 전자는 자기의 '의 / 意'가 없는 사람이며 따라서 '골기 / 骨氣'가 없는 자이고 후자는 용필 / 用筆을 통하여 '소질'을 새로운 '의경 / 意境'의 높이로 끌어올린 후세의 본보기가 될 사람이다. 왜냐하면 글씨는 곧 '그 사람'이기 때문이다. 그리하여 소동파 / 蘇東坡는 이렇게 말했다.

> 나의 글씨는 비록 좋지는 않지만 스스로 신의 / 新意를 만들어 냈으니 옛사람을 그대로 모방한 것이 아니어서 나를 기쁘게 하고 있다.123)

소동파 / 蘇東坡가 기뻐한 이유는 自己만의 독특한 용필 / 用筆의 방법을 터득하였기 때문이며 그로 인하여 자기만의 풍격을 所有하게 되었다는 데에 있다.

중국서법사상 동진 / 東晉 시대의 왕희지 / 王羲之는 서성 / 書聖으로 칭송되고 있는데 그의 서법작품 "난정서 / 蘭亭序"는 역사 "천하일행서"로 불리고 있으며, 성당 / 盛唐 시기의 안진경 / 顔眞卿의 서법작품 "제질고 / 祭侄稿"는 "천하제2행서"로 불리고 있다. 역대 서법학도들은 모두 왕희지 / 王羲之와 안진경 / 顔眞卿 등을 "정통"124)

---

123) 北宋 · 蘇軾, 『論書』, "吾書雖不甚佳, 然自出新意, 不踐古人, 是一快也."; 潘運告, 『宋代書論』, (湖南美術出版社, 2002. 11).

으로 받들면서 그들의 서법을 서로 다투어 배우려 하였다. 하지만 아무리 왕희지 / 王羲之나 안진경 / 顔眞卿을 배운다고 하여도, 또 배워서 진짜와 가짜를 분별할 수 없을 程度로 "입목삼분 / 入木三分"125)의 경지에 도달하여도 서노 / 書奴126)에 지나지 않는다.

소식 / 蘇軾은 "스스로 신의 / 新意를 만들어" 냈으니 그야말로 기뻐할 일이 아닐 수 없다. 그리하여 역사상 소식 / 蘇軾은 왕희지 / 王羲之와 안진경 / 顔眞卿의 뒤를 이어 "천하제3행서"로 불리는 "한식첩 / 寒食帖"이라는 유명한 서법작품을 세상에 남겼다. 그의 서법이 왕희지 / 王羲之나 안진경 / 顔眞卿보다 못 해서가 아니라 그가 왕 / 王·안 / 顔의 후세이기 때문에 "제삼"이라는 이름을 가졌을 뿐이다.

왕희지 / 王羲之·안진경 / 顔眞卿·소식 / 蘇軾의 서법이 천하에 이름을 날리게 된 데는 그들의 서법작품이 일종 '의경 / 意境'을 잘 표현하였기 때문이다. "의 / 意는 단순히 객관적인 정 / 情이 아니라 경물 / 景物과 함께 결합한 정 / 情이며 이 / 理와 함께 통일된 정 / 情이다. 이 / 理란 경물 / 景物을 이루는 무늬이므로127) 객관사물의 내재적인 규율인 동시에 사회윤리의 규범인 것이다. 정 / 情은 반드시 이 / 理에 의지하므로128) 이 / 理는 정 / 情의 기초인 것이다. 이 / 理로

---

124) 項穆, 「書法雅言」, 潘運告, 『明代書論』, (湖南美術出版社, 2002. 11). 項穆은 書法의 正統으로 王羲之를 주장하고 있다.

125) 入木三分: 옛적에 王羲之가 붓으로 글을 쓴 것이 나무속 三分의 깊이까지 들어갔다는 고사에서 나온 말로 글씨를 힘 있게 써야 한다는 뜻.

126) 唐·亞棲, 『論書』: "凡書通卽變. 王(羲之)變白雲體. 歐(陽詢)變右軍體, 柳(公權)變歐陽體, ……若執法不變, 縱能入木三分, 亦被號爲書奴, 終非自立之體." 潘運告, 『淸代書論』, (湖南美術出版社, 2002. 11).

127) 韓非子, 卷第6: "理者, 成物之文也."

128) 葉燮, 『原始』, 內篇下: "情必依乎理."

써 정/情을 이끌고 예/藝로써 즐거움을 절제하며 정감에서 나와 예의/禮儀에서 완성된다."129)

붓은 사람과도 같다. 왜냐하면 붓에도 '심/心'이 있기 때문이다. 그리하여 청/淸나라의 유희재/劉熙載는 이렇게 말했다.

필심/筆心은 사/師이고 부호/副毫는 졸도/卒徒이다.130)

여기서 말하는 사/師는 '천지인을 관통한 왕/王'과도 같다는 것으로 이해할 수 있다. 필심/筆心은 필봉/筆鋒의 중심을 말하는 것으로 '인인/仁人'과 다르지 않다. 그리고 부호/副毫는 필심/筆心 밖의 필봉/筆鋒을 형성하는 수만 개의 호/毫를 가리는 것으로 '천심/千心(忎＝仁)'과도 다르지 않다. 결과적으로 이 말은 붓이란 사람과도 같은 것으로 '중심/衆心'이 한곳으로 귀결되어 '仁'이 이루어진다는 말과 상통하는 것이다.

유희재/劉熙載의 이 말속에는 서법에서 중봉/中鋒 용필/用筆을 강조하는 측면도 있다. 중봉/中鋒에 대하여 명/明나라의 송조/宋曹는 『서법약언/書法約言』에서 다음과 같이 말하였다.

필봉/筆鋒이 필획의 중간에 있어야 함을 늘 생각한다면 좌우로 조화되고 차분할 때든, 조급할 때든 모두 균형을 잡을 수 있다.131)

이른바 중봉/中鋒132)은 역대의 서법가들이 극히 중요시하던 필

---

129) 周來祥/남석헌, 노장시 옮김 上揭書, p.13.
130) 淸・劉熙載, 『藝槪』: "筆心, 帥也, 副毫, 卒徒也."
131) 明・宋曹, 『書法約言』: "常想筆鋒在劃中, 則左右逢源, 靜燥俱稱.", 吳明南, 上揭書 p.184.

법 중의 하나인데 필봉이 좌우 어느 쪽으로도 기울지 말고 正確히 가운데에 '서서' 나가기를 요구하는 필법이다. 여기에는 필획을 윤활하고 힘 있게 쓰려는 의도도 있지만 더욱 중요한 것은 중봉필법/中鋒筆法을 고집함으로써 사람의 '마음을 바르게' 하려는 서론/書論가들의 의도가 더욱 돋보인다. 아울러 "좌우로 조화"된다고 한 말은 유가에서 말하는 '중화/中和' 사상의 실제운용이라고 볼 수 있다.

'중봉/中鋒' 필법으로 글씨를 쓸 때 당연히 "필심/筆心은 사/師"가 되고 "부호/副毫는 졸도/卒徒"가 된다. 바꾸어 말하면 '필심/筆心'은 '주인'이고 '부호/副毫'는 '손님'과 같다. 이는 다음의 인용문에서 알게 된다. 용필/用筆의 정확한 방법을 터득하여 글자를 쓸 때는 반드시 귀한 손님을 대하듯이 여러 모로 잘 돌보아야 한다고 청/淸나라의 주화갱/朱和羹은 또 이렇게 말하였다.

글자를 씀에 있어서 귀한 손님을 대하듯이 하여야 한다. 높은 대청에 귀빈들이 가득 모여 앉아 있을 때 좌우를 잘 살펴서 손님들이 적적함을 느끼게 하지 말며 주인은 게으름이 없이 하여야 한다.[133]

서법에 있어서 중심은 사람이며 글자는 귀한 손님의 역할을 한다. 귀한 손님을 대함에 있어서 주인은 반드시 공손하게 모셔야 하는바 한 치의 소홀함을 보여서도 안 된다. 이 모든 것은 반드시

---

132) 中鋒: 中鋒이란 運筆할 때 筆鋒이 筆劃의 중간에 있게 하며 筆鋒의 方向과 運筆의 방향이 상반되게 하는 것이다.
133) 淸·朱和羹, 『臨池心解』, "作字如應對賓客. 一堂之上, 賓客滿座, 左右照應, 賓客不覺其寂, 主不失之懈."

마음에서 우러나와야 그렇게 행할 수 있는 것인데 다시 말하면 '진심 / 眞心'이어야 하며 또 '진심 / 盡心'하여야 한다는 것이다.

이상의 말들을 종합해 보면 다음과 같다.

첫째, 서법은 우주만물의 "기괴함"을 붓으로 표현하는 것인데 주로 그 의상 / 意象을 표현함으로써 의경 / 意境을 表現하는 것이다.

둘째, 그 "기괴함"은 연질 / 軟質의 붓이 아니면 불가능하다. 붓이 연질 / 軟質이기에 그 운용방법을 장악하는 데는 一定한 난이도가 있다. 그리하여 반드시 용필 / 用筆의 방법을 터득하여야 한다.

셋째, 용필 / 用筆은 반드시 옛사람들의 서첩을 임서하는 데서 배워야 한다. 임서하는 의미는 '도'를 담은 '글씨'를 따라 배우는 데에 있기도 하지만 더욱이는 '바른' '그 사람'을 따라 배우는 데에 있어야 한다.

넷째, 용필 / 用筆의 오묘함은 '중봉 / 中鋒' 필법에 있는데 그것은 사람의 마음에서 비롯된다. 마음의 움직임에 따라 붓도 움직이므로 언제나 좌우 어느 한쪽으로도 치우치지 않는 바른 마음으로 용필 / 用筆의 오묘함을 터득하여야 한다. 즉 지나치거나 미치지 않음이 없어야 정확한 용필 / 用筆 방법인 것이다.

다섯째, 용필 / 用筆을 통하여 표현해 낸 서법의 "기괴함"은 결과적으로 바로 그 사람을 표현하는 데에 있다.

여섯째, 용필 / 用筆은 귀한 손님을 모시듯이 언제나 주밀하여야 하며 '진심 / 眞心'하고 '진심 / 盡心'이어야만 비로소 그 오묘함을 터득하였다고 할 수 있다.

서법예술이 결과적으로 지향하는 것은 결코 자연을 그대로 그려내는 것이 아니라 경전 / 經典에 스며 있는 문자(文以載道)를 용필

/ 用筆을 통하여 자기 자신을 그려내는 것이다. 남을 답습하는 데만 그치면 서노 / 書奴라고 한다. "정 / 情과 경 / 景, 물 / 物과 나, 객관과 주관이 혼연일체 된 의상 / 意象이 바로 의경 / 意境"이라고 하며 서법의 최고의 경지는 바로 이런 '의경 / 意境'을 표현해 내는 것인데 서법예술의 가장 어려운 점도 바로 여기에 있다. '마음 (心)'은 '인 / 仁'과 다르지 않고 '인 / 仁'이 또한 '인 / 人'과 다르지 않기 때문에 결과적으로 '용필 / 用筆'의 오묘함은 마음에서 비롯된다고 하였다.

徐權 – 07'

2) 결체 / 結體[134)]

유가의 입장에서 보는 문자는 '인인 / 仁人' 중심으로 창조되었
는데 바로 생생불식 / 生生不息의 생명체라는 데에 그 중요성이
있다. 아무리 현란한 용필 / 用筆의 방법을 얻었다고 하여도 생명
이 없는 죽은 글씨를 쓴다면 그것은 예술이 아니라 그냥 글씨 쓰
기에 지나지 않을 뿐 아무런 의미도 없는 것이다. 그리하여 용필 /
用筆에서 강조하는 것이 바로 '마음(心)'이었던 것이다.

용필 / 用筆과 묵의 빛깔에서 조화를 이루어 나타나는 선에 살
아 움직이는 생명을 부여하는 것이 서법의 내면에 숨어 있는 또
하나의 인본주의적인 미학범주에 속한다.

청 / 淸나라의 강유위 / 康有爲(1858 - 1927)는 서법을 다음과 같
이 사람에 비유하였다.

> 서 / 書는 사람과도 같아서 반드시 근 / 筋 · 골 / 骨 · 혈 / 血 · 육 / 肉
> 이 겸비하여야 한다. 혈 / 血이 농 / 濃하고 골 / 骨이 노 / 老[135)]하여
> 야 하며: 근 / 筋은 감춰져야 하고 육 / 肉은 밝아야 한다. 게다가
> 자태가 기일 / 奇逸하면 가히 아름답다 할 수 있다.[136)]

---

134) 結體: 亦稱 "結字", "間架", "結構". 指每個字點劃間的安排與形勢的布置. 漢字尙
形, 書法又是 "形學"(淸 · 康有爲)故結體尤顯重要. 元趙孟頫≪蘭亭跋≫: "書法以
用筆爲上, 而結字亦須用工." 漢字各種字體, 皆由點劃聯結, 配而成. 筆劃的長, 短,
粗, 細, 俯, 仰, 縮, 伸, 偏旁的寬, 窄, 高, 低, 欹, 正, 構7成了每個字的不同形態,
要使字的筆劃搭配適宜, 得體, 勻美, 究其結體必不可少. 正如淸馮班在≪純吟書要
≫中所云: "先學, 間架, 古人所謂結字也; 間架旣明, 則學P用筆. 間架可看石碑,
用筆非眞跡不可. 結字, 晉人用理, 唐人用法, 宋人用意." 又云: "書法無他秘, 只有
用筆與結字耳." 可見, 結字在書法中占有重要地位.

135) 老: 여기서 "老"는 곧 '힘'이라는 뜻을 가지고 있다.

136) 康有爲, 『廣藝舟雙楫』, "書若人然, 須H備筋骨血肉, 血濃骨老, 筋藏肉瑩, 加之姿
態奇逸, 可謂美矣."; 潘運告, 『淸代書論』, (湖南美術出版社, 2002. 11).

송 / 宋대의 소식 / 蘇軾은 그의 저서 『논서 / 論書』에서 "서 / 書는 반드시 신 / 神·기 / 氣·골 / 骨·혈 / 血·육 / 肉 이 다섯 가지가 겸비하여야 하며 하나가 모자라도 서 / 書를 이룰 수 없다."137)고 하였다. 이것은 선배 서법가 / 書法家들의 근 / 筋·골 / 骨·혈 / 血·육 / 肉의 기초 위에 신 / 神과 기 / 氣를 덧붙여서 서법을 완전히 인격화한 이론이라고 할 수 있다. 당 / 唐나라의 서호 / 徐浩는 『논서 / 論書』에서 "처음 배울 때는 먼저 근골 / 筋骨을 세워야 한다. 근골이 없으면 살을 붙일 곳이 없기 때문이다."138)고 하였다.

이렇게 '서 / 書'를 인격화한 것은 일찍 위부인 / 衛夫人(왕희지 / 王羲之의 스승이라고 전해짐)의 저서 『필진도 / 筆陣圖』에서 제일 먼저 나타난다. 위부인 / 衛夫人은 "필력 / 筆力이 좋은 자의 글은 골 / 骨이 많고 필력 / 筆力이 약한 자의 글은 육 / 肉이 많다. 골 / 骨이 육 / 肉보다 많은 글을 근서 / 筋書라고 하고, 육 / 肉이 많고 골 / 骨이 적은 것을 묵저 / 墨豬라고 한다."139)고 하였다. 이렇게 되어 '서 / 書'는 신 / 神·기 / 氣·골 / 骨·혈 / 血·근 / 筋·육 / 肉 여섯 가지가 구비된 생명체가 되어야 한다는 것이 어느 시대를 막론하고 '서 / 書'를 연구하는 사람들의 공통된 사고방식이었으며 그에 대한 연구는 활발하게 진행이 되었다.

---

137) 蘇軾, 『論書』, "書必有神, 氣, 骨, 血, 肉, 五者闕一, 不成爲書也."; 潘運告, 『宋代書論』, (湖南美術出版社, 2002. 11).
138) 徐浩, 『論書』, "初學之際, 宜先筋骨, 筋骨不立, 肉何所附."; 潘運告, 『晉·唐代書論』, (湖南美術出版社, 2002. 11).
139) 衛夫人, 『筆陣圖』: "善筆力者多骨, 不善筆力者多肉. 多骨微肉者謂之筋書, 多肉微骨者謂之墨豬."; 潘運告, 上揭書, 아래 편명만 밝힌다.

글자는 사람과도 같은데 근골혈육 / 筋骨血肉, 정신기맥 / 精神氣脈
여덟 가지가 겸비하여야 사람이라 할 수 있는 것처럼 어느 한 가
지가 없어도 죽은 사람이 되는 것이다.140)

골 / 骨이 있게 되면 스스로 씩씩하고 윤택하게 된다.141)

근골 / 筋骨로 형 / 形을 세우고 신 / 神·정 / 情으로 윤색 / 潤色한다.142)

살찐 글자는 골 / 骨이 필요하고 여윈 글자는 육 / 肉이 필요하다.143)

‘서 / 書’가 반드시 구비되어야 하는 것은 신 / 神·기 / 氣·골 /
骨·혈 / 血·근 / 筋·육 / 肉 중에서도 ‘골 / 骨’이다. ‘골 / 骨’은 기
타 신 / 神·기 / 氣·혈 / 血·근 / 筋·육 / 肉이 생겨날 수 있는 기
본 ‘틀’이기 때문이다. 그렇다면 ‘골 / 骨’은 무엇일까?

사혁 / 謝赫(479 – 502年)은 다음과 같이 말했다.

골법 / 骨法이라는 것은 곧 용필 / 用筆을 말하는 것이다.144)

서법 / 書法에서 말하는 용필 / 用筆로서의 ‘골 / 骨’은 곧 ‘힘’인
바 힘 있는 글씨를 써내는 용필 / 用筆의 방법을 말하는 것이다.
다시 말하면 ‘힘’은 곧 ‘골 / 骨’에서 나온다는 것이다. 이런 용필
법 / 用筆法을 곧 중봉필법 / 中鋒筆法이라고 한다. 중봉 / 中鋒145)
이란 것은 한 획을 그을 때 붓의 중심은 항상 그 필획의 중심에
놓여야 한다는 것이다. 이런 중봉필법 / 中鋒筆法은 ‘골 / 骨’이 있

---

140) 王澍, 『論書賸語』: "作字如人, 然筋骨血肉, 精神氣脈, 八者備而後可爲人, 闕其一
　　　行屍耳.": 潘運告, 上揭書.

141) 唐·孫過庭, 『書譜』: "骨卽存矣, 而遒潤加之."

142) 唐·張懷瓘, 『文字論』: "以筋骨立形, 以神情潤色."

143) 北宋·黃庭堅, 『肥字須要有骨, 瘦字須要有肉.』

144) 謝赫, 『古畵品錄』, "骨法, 用筆是也."; 金學智, 上揭書, p.225.

145) 中鋒: 筆鋒은 붓의 끝을 말한다. 中鋒이란 붓을 곧게 세워 붓의 중심이 항상 획의 가
　　　운데에 놓이게 하는 運筆 方法이다.

는 글자를 써내는 데 유력한 용필 / 用筆인바, 바른 '체 / 體'를 세우는 데 중요한 한자리를 차지한다. '중봉 / 中鋒' 필법은 전통적인 운필방법으로 정통을 고집하고 중용 / 中庸의 사상을 주장하는 유가미학의 심미표준을 잘 드러내는 것이며 그 속에는 '바른 마음'과 '바른 용필'을 제창함으로써 올바른 체 / 體를 세우려는 유가의 깊은 뜻이 내포되어 있기도 하다.

"골법 / 骨法이라는 것은 곧 용필 / 用筆을 말하는 것이다."라고 하였는데 "중국의 붓과 먹의 결합, 골 / 骨과 육 / 肉의 결합은 필법을 위주로 하고 묵법을 보조수단으로 하며 묵법만 있고 필법이 없고 (有墨無筆), 살집만 있고 뼈가 없는 것(有肉無骨)을 반대하였다."146)

청 / 淸나라의 풍무 / 馮武는 "골 / 骨이 풍만 / 豊滿하고 육 / 肉이 윤택하여야 신묘 / 神妙하고 통령할 수 있다."147)고 하였다. '골 / 骨'과 '풍 / 豊'이 만나서 만들어진 글자가 바로 '체 / 體'이다. 즉 골 / 骨이 풍만 / 豊滿한 것이 곧 체 / 體를 이루는 기본이다. 사람의 몸에서도 제일 중요한 것이 '골 / 骨'인데 뼈가 없으면 사람은 순 고깃덩이와 마찬가지로 '사람'이라 할 수 없다.

문자학적으로 놓고 보아도 체 / 體의 異體字 중에는 체 / 軆가 있는 것을 알 수 있는데 이로부터 골 / 骨자와 신 / 身자가 통용될 수 있음을 알 수 있다. 현대에 이르러서는 간체자 / 簡體字로 '체 / 体'로 쓰이는데 이것은 골 / 骨 – 신 / 身 – 인 / 人이 결과적으로 다르지 않음을 뜻하는 것이다. '서법 / 書法'이 곧 '그 사람(書如其人)'이라

---

146) 中鋒과 대립되는 運筆法은 側鋒 혹은 偏鋒이라고 하는데 正統書法의 運筆法에서는 아주 꺼려하는 運筆의 方法이다.
147) 周詳來 / 남석헌, 노장시 옮김. 上揭書, p.55.
　　淸·馮武, 『書法正傳 骨豊肉潤, 入妙通靈』, 金學智, 上揭書, p.227.

할 때 '골/骨'이 용필/用筆을 뜻하는 것 외에도 주로 '뼈 있는 사람'이 되어야 한다는 윤리적인 의미에서 제기되는 서법의 중심내용이기도 하다.

역사상 중국4대해서가/中國四大楷書家148) 중의 안진경/顔眞卿과 유공권/柳公權의 서법을 "안진류골/顔筋柳骨"149)이라 불렀다. 이렇게 부르게 된 데는 안진경/顔眞卿과 유공권/柳公權의 서법이 당대/唐代의 선명한 서법예술 풍격을 대표하는 데 있으며 또한 두 서법가의 심미정취와 개성특징에 대한 객관적인 평가이기도 하다. 더욱 중요한 것은 그들 둘의 인격을 '근골/筋骨'에 비유한 것으로 중화서법사상 후세 서학도들에게 하나의 모범 '체/體'로 삼았다.

안진경/顔眞卿(709 - 785)은 자는 청신/淸臣이며 산동성/山東省 랑야림기/琅耶臨沂 출생이다. 노군개국공/魯郡開國公에 봉해졌기에 사람들은 그를 안노공/顔魯公이라고 즐겨 불렀다. 서법가문에서 태어난 그는 어려서부터 서법에 남다른 흥취와 노력이 있었는데 해서/楷書에 특히 뛰어났다.

진사/進士에 급제하고 여러 관직을 거쳐 평원태수/平原太守가 되었을 때 안록산/安祿山이 반란을 일으켰다. 이때 그는 의병을 거느리고 조정을 위하여 싸웠으며 그로 인해 큰 공을 세웠다. 그때 당시 안진경/顔眞卿은 난을 평정하라는 명을 받고 20만 대군을 거느리고 평원/平原, 청하/淸河, 박평/博平 등 세 개 군/郡

---

148) 中國四大楷書家로는 顔眞卿, 柳公權, 歐陽詢, 趙孟頫를 일컫는 것이다. 趙孟頫가 元나라 사람이고 나머지 세 사람은 모두 唐나라 사람이다. 그만큼 中國歷史上 唐나라가 文化, 經濟…… 모든 면에서 隆盛發展한 모습을 보여주었으며 唐太宗 李世民이 書法에 유달리 애착을 가졌기 때문에 書法에서 수많은 大家들이 出現하였고 새로운 面貌를 보여주게 되었던 것이다.
149) 宋·範仲淹, 『祭石學士文』: "曼卿之筆, 顔筋柳骨."

의 전투를 지휘하였는데 그 위풍은 천병을 연상케 하였는바 얼마 안 가서 드디어 반란군을 제압하고 천하가 태평하게 되었다. 후에 그는 중앙에 들어가 헌부상서 / 憲部尙書에 임명되었으나 당시의 권신에게 잘못 보여 번번이 지방으로 좌천되었다. 이는 다 너무도 강직한 그의 성품 때문에 생긴 일이다. 784년 덕종 / 德宗 임금의 명으로 회서 / 淮西의 반란두목인 이희열 / 李希烈을 설득하러 갔다가 감금당하였고 이어서 곧 살해되었다. 안진경 / 顔眞卿이 살해되었다는 소식을 들은 삼군은 침통한 애도 속에 잠겼는데 덕종황제 / 德宗皇帝는 5일간 조회를 황폐하였다. 황제는 직접 조문을 꾸며서 안진경 / 顔眞卿을 추모하였는데 그 내용은 아래와 같다.

재간이 뛰어나 나라에서 따를 자 없고 목숨으로 충심을 다하였는데 기질은 하늘에서 내린 것인바, 그 충성심은 참으로 걸출하도다. 4조 / 四朝를 섬기면서 견정한 의지는 한결같았고 평생을 나라를 위해 헌신하였는바 죽을 때까지 한마음으로 조정을 섬겼으니 그의 성대한 절개는 지금도 살아 있는 것처럼 느껴지는구나.150)

안사 / 安史의 난이 있은 전후 7년간, 당 / 唐나라는 큰 혼란에 빠져들었다. 안진경 / 顔眞卿은 직접 의병을 거느리고 조정을 위해 싸웠으며 반란이 평정된 후 이 역사적인 사건을 기념하기 위하여 당시 저명한 문학가 원결 / 元結이 문장을 짓고 안진경 / 顔眞卿이 직접 붓으로 글을 썼는데 그것이 바로 천고의 명편 『대당중흥송 / 大唐中興頌』이다. 안진경 / 顔眞卿의 서법은 종정 / 鐘鼎이 좌당 /

---

150) 『探索 · 發現』, (中國中央電視臺, cctv.com. 2005, 7): "才優匡國, 忠至滅身, 器質天資, 公忠傑出, 出入四朝, 堅貞一志, 拘脅累歲, 死而不撓, 稽其盛節, 實謂猶生."

坐堂한 것 같으며 정대광명하고 풍후웅혼 / 豊厚雄渾하여 그 기세
가 하늘을 찌르는 듯하여 마치 그 사람을 보는 듯하다.

안진경 / 顔眞卿의 서법은 중화 / 中和의 미를 자랑하는 왕희지 /
王羲之의 서법 / 書法과 달리 또 다른 유가미학의 최고봉이라 불
리는 웅강의 미를 창조하였다. 그의 서법작품을 흔상하노라면 마
치도 그 사람을 대하는 듯하고 그의 고상한 도덕풍모를 보는 것
만 같다. 유가에서 선양하는 이상적인 인격을 인생 실천과 필묵정
신을 통하여 형상화한 안진경 / 顔眞卿의 서법은 그의 온량하고
겸공한 성품과 강정불굴의 애국애민의 품질수양을 잘 드러내고
있다. 송대 / 宋代의 문학가 구양수 / 歐陽修는 일찍 이렇게 말했다.

> 안노공 / 顔魯公은 '서 / 書'와 '인 / 人' 모두가 충신열사 / 忠臣烈士
> 다운 모습을 보여주고 있으며 도덕군자다운 모습을 보여주고 있
> 다. 그 풍모는 단엄하고 존경스러워, 처음 보는 사람들은 감히 다
> 가갈 수 없을 정도이며 날이 갈수록 그 사랑스러움을 더 느끼게
> 된다.151)

남경 / 南京의 "안노공사 / 顔魯公祠"에는 당대의 대서법가 소한 /
蕭嫻이 쓴 편액이 걸려 있는데 그 내용은 "단심신자 / 丹心臣子,
열혈서가 / 熱血書家"라는 여덟 글자로써 안진경 / 顔眞卿의 일생
을 개괄하는 것이라고 할 수 있다. 안진경 / 顔眞卿의 충심절개와
견정불굴의 정신은 후세에 지대한 영향을 미쳤는바 유공권 / 柳公
權(778 - 865년)에게도 예외가 아니었다.

---

151) 歐陽修, "顔公書人忠臣烈士, 道德君子, 其端嚴尊重, 人初見而畏之, 然愈久而愈可
愛" 『探索・發現』, (中國中央電視臺, cctv.com. 2005. 7).

유공권/柳公權은 경조화원/京兆華原(지금의 섬서요현)사람이며 자는 성현/誠懸이라 했다. 당/唐나라의 저명한 서법가로서 헌종원화/憲宗元和 초에 진사에 급제하여 루배사서학서/累拜侍書學書, 공부시랑/工部侍郎, 태자소사/太子少師 등 관직을 지냈으며 후에 태자태보치사/太子太保致仕와 하동군공/河東郡公으로 책봉되었는데 사람들은 그를 유하동/柳河東 혹은 유소사/柳少師라 부르기도 하였다. 안진경/顔眞卿의 서법을 배웠고 그와 더불어 "안근유골/顔筋柳骨"이라는 미명을 얻게 되었다.

그는 진/晉에서 당/唐에 이르기까지의 서법의 흐름과 발전, 경험을 총결지어 새로운 체/體를 만들어 냈는바 역사상 중국4대해서가/中國四大楷書 중의 하나인 유체/柳體의 주인공이다. 그는 왕희지/王羲之의 서법으로부터 입문하여 당/唐나라의 안진경/顔眞卿과 구양순/歐陽詢의 서법을 배웠는데 초당/初唐의 수려한 예술적 풍모를 이어받았는가 하면 웅장한 성당/盛唐의 기세도 전수받아 독특한 풍격의 유체/柳體를 창조하였다.

당시, 유공권/柳公權의 서법 명성이 하늘 아래에 널리 전해졌는바, 많은 사람들이 모여와서 그의 글을 얻으려고 하였으며, 심지어 "외국사자들도 금은보화를 가지고 와서 그의 서법작품을 구입하려고 하였다. 당시 문무대신들의 묘당비지/廟堂碑誌는 거의 다 류공권/柳公權의 붓끝에서 나왔다고 해도 과언이 아니었는데 그의 손을 거치지 않으면 자손들이 불효라고 욕을 봤을 정도이다."152)

---

152) 藝術百科, 「藝術詞條·柳公權」, (天天中國藝術品罔, art.365ccm.com, 2007. 2): "由於他的書名顯赫, 許多人甚至外國使者專門帶著財寶來求購他的字跡. 當時大臣家廟的碑志, 幾乎都出自柳公權手筆, 否則人家就罵他的子孫不孝."

강유위 / 康有爲(1858 - 1927年)는 그의 저서 『광예주쌍즙 / 廣藝
舟雙楫』에서 "유공권 / 柳公權이 세상에 나타나자 비대 / 肥大한 병
폐가 없어지고 맑고 힘찬 풍격이 생겨났다."153)라고 말하였다. 그
의 서법의 "맑고 힘찬 풍격"은 다름 아닌 강직한 성정 / 性情에서
비롯된 것이었다. 그는 불가사의하게도 7개의 조대 / 朝代를 거쳐
벼슬을 하였는바 헌종 / 憲宗, 목종 / 穆宗, 경종 / 敬宗, 문종 / 文宗,
무종 / 武宗, 선종 / 宣宗, 의종 / 懿宗 등 여러 황제를 섬기면서 평
생을 나라에 헌신하였다.

『구당서 / 舊唐書』에는 이런 기사가 있다. 목종 / 穆宗 황제가 공
권 / 公權에게 "어떻게 하면 심오한 용필법 / 用筆을 터득할 수 있
느냐?" 하고 물었는데 유공권 / 柳公權이 대답하기를, "용필 / 用筆
의 오묘함은 마음에 있습니다. 마음이 바르면 글씨도 바르게 됩니
다."154)라고 하였다. 유공권 / 柳公權은 붓의 사용법을 빌려 다음
과 같은 것을 전하려고 한 것이다. 첫째 실제로 용필 / 用筆이 마
음에서 비롯되는 것이므로 서법에서의 용필 / 用筆의 오묘함은 반
드시 마음으로 터득하여야 한다는 것을 말함이요, 둘째는 정사 /
政事를 돌보지 않는 무능한 황제에게 천하를 다스리는 도리를 일
깨워 주고 있는 것이다. 여기에서 우리는 감히 황제에게 이런 간
언을 드린 것은 바로 유공권 / 柳公權의 강직한 성격과 나라에 대
한 충성을 그대로 드러내고 있다는 것을 보아 낼 수 있다.

용필 / 用筆은 마음에서 비롯되는 것이며 마음은 또한 글씨에 그

---

153) 現 · 康有爲, 『廣藝舟雙楫』 "柳公權出, 矯肥厚之病, 專尙淸勁."
154) 『舊唐書 · 卷十六五 · 柳公綽』 "穆宗政僻, 嘗問公權筆何盡善,對曰: '用筆在心, 心
正則筆正.'" 後人亦用以比喩內心公正則行事正直.

대로 드러나게 되는 것이다. 유체 / 柳體는 역사상 제일 ‘골기 / 骨
氣’가 있는 서체로 알려지고 있는데 그 원인은 그가 황제에게 “심
정즉필정 / 心正則筆正”이라고 간언한 데서 비롯된 것도 있겠지만
실제로 유체 / 柳體가 사람들에게 주는 인상이 그의 강직한 성품과
도 같이 ‘서여기인 / 書如其人’이라는 서법심미표준에 부합되기 때
문이다.

생리학적으로 보아도 사람은 죽은 후에 모든 것이 썩어서 ‘흙’
으로 되지만 해골 / 骸骨은 그대로 남아 있게 된다. 화장문화를 제
창하는 지금 사람을 불태워도 모든 것이 불살라지지만 뼈만 남는
다. 이렇게 사람에게 있어서 중요한 것은 ‘골 / 骨’이다. 그리하여
‘골 / 骨은 사람의 품질, 기질과 같은 인격에 비유[155]하기도 하였
던 것이며 문학예술작품의 강건한 풍격에 비유[156]하기도 하였던
것이다.

상기 말들을 종합하면 다음과 같다.

첫째, ‘서 / 書’는 ‘인 / 人’을 닮은 것으로 반드시 근 / 筋 · 골 / 骨
· 혈 / 血 · 육 / 肉이 겸비하여야 한다.

둘째, 근 / 筋 · 골 / 骨 · 혈 / 血 · 육 / 肉은 용필 / 用筆을 통하여 드
러나게 되는데 용필 / 用筆은 마음에서 비롯된 것이기 때문에 서 /
書의 근골 / 筋骨도 마음에서 비롯된 것이나 다름이 없다. 그리하여
마음이 바르면 필 / 筆도 바르다고 하였다.

셋째, 이 세상의 사람들이 생김새가 다 다른 것처럼 서 / 書도

---

155) 唐 · 杜甫, 『送孔巢父發遊江東兼呈李白』: “自是君身有仙骨, 世人那得知其故?”
156) 唐 · 李白, 『宣州謝朓樓餞別校書叔雲』: “蓬萊文章建安骨, 中間小謝又淸發.”

반드시 자기의 풍모를 갖추어야 한다. 즉 서 / 書는 반드시 체 / 體를 갖추어야 하는데 체 / 體는 곧 '풍성 / 豊盛한 골 / 骨'에서 비롯되는 것이다.

넷째, 체 / 體는 바로 서가 / 書家 그 자신인바 사람은 반드시 '풍성 / 豊盛한 골 / 骨'이 있어야 바로 서게 되며 천만년 그 이름을 세상에 남기듯이 서체 / 書體도 사람과 같이 '풍성 / 豊盛한 골 / 骨'이 있어야 세세대대로 사람과 같이 이름을 남기게 되는 것이다. 그리하여 청 / 淸나라의 송년 / 宋年은 이렇게 말했다.

<blockquote>
서화 / 書畵는 청고 / 淸高한 것으로 인품을 첫자리에 놓으며 인품과 절개가 좋으면 사람마다 그의 필묵을 중히 여기고 그 사람을 흠앙하게 되는 것이다.157)
</blockquote>

유가의 의미에서 규정하는 서법은 사람의 '마음을 바르게' 하는 중국특유의 예술로서 수많은 사람들로 하여금 그 매력에 빠져들게 하였다. 그리하여 붓을 쥐고 서법의 길을 택한 사람들이 부지기수다. 하지만 역사상 자기의 '체 / 體'를 갖춘 서가 / 書家들이 몇몇 되지 않는다. 특히 해서 / 楷書에서 체 / 體를 이룬 사람은 더욱이 드물다.

중국4대해서 / 中國四大楷書 중에 "안진유골 / 顔筋柳骨"이 있는가 하면 구양순 / 歐陽詢158)과 원 / 元나라의 조맹부 / 趙孟頫도 있다.

---

157) 淸·宋年, 『頤園畵論, "書畵淸高, 首重人品, 品節卽優, 不但人人重其筆墨, 更欽仰其人."

158) 歐陽詢(557－641): 字信本, 潭州臨湘(湖南長沙)人. 他是由陳入唐的書家. 他勤奮好學, "博覽經史, 尤精三史", 頗有時名. 『舊唐書』云: "詢初學王羲之的書法, 後漸變其體, 筆力險勁, 在當時被稱一絶" 張懷瓘 『書斷』 中說: "詢八體盡能,筆力勁

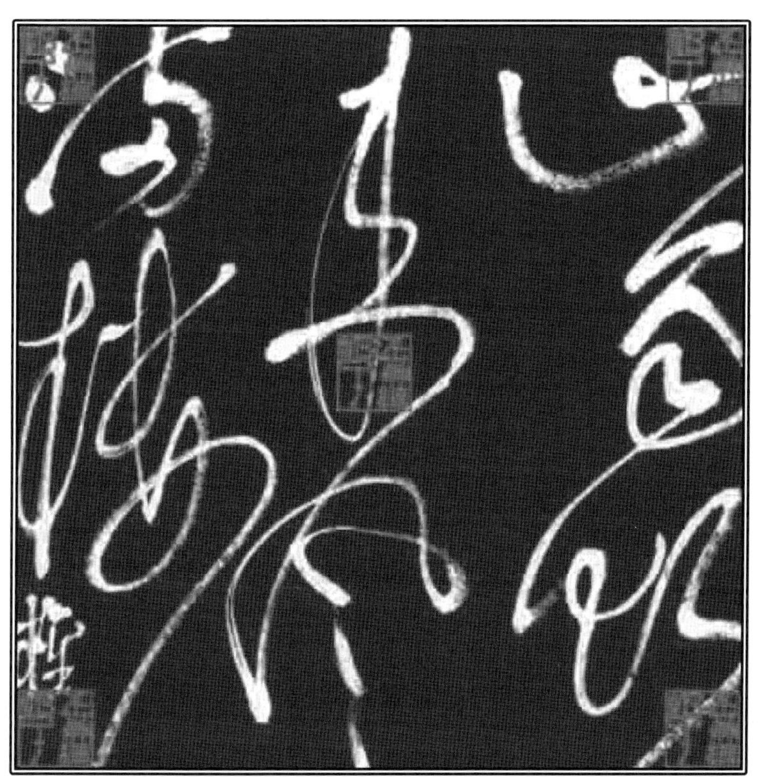

徐權－05’

險, 篆體尤精, 飛白冠絶, 峻於古人……風神嚴於智永, 潤色寡於虞世南, 其草書迭
蕩流通, 視之二王, 可爲動色." 『宣和書譜』: "歐陽詢書爲翰墨之冠."

3. 유가심미사상과 서법의 명칭

1) '서 / 書'와 '법 / 法'

위에서도 이미 언급했듯이 갑골문 / 甲骨文시대에 이미 붓 聿자가 있었는데 筆자의 初文이다.159) '그림' 그대로 손에 붓을 쥐고 글씨를 쓰는 모양이다. 『설문』에서는 "聿이기 때문에 쓰는 것이다."160)고 하였다. 단주본 / 段注本에서는 "사용할 수 있는 것이다. 율 / 聿은 글씨를 쓸 수 있는 사용물이다."161)고 하였다.

'서 / 書'의 이체자 / 異體字 중에는 율 / 聿과 자 / 者자로 형성된 글자도 있다.162) 이는 "서 / 書는 저 / 著의 뜻이 있는데 율 / 聿자를 따르고 자 / 者의 소리를 따른다."163)고 한 허신 / 許愼의 말을 證明하는 글자이다. 허신 / 許愼이 말한 "율 / 聿이기 때문에 쓰는 것이다."는 참으로 오묘한 말이 아닐 수 없다. 왜서 서구의 서사도구처럼 경필 / 硬筆이 아닌 연필 / 軟質의 모필 / 毛筆이기 때문에 쓸 수가 있다고 하였을까? 이는 「용필 / 用筆」에서 이미 논하였기에 다시 언급하지 않기로 한다.

허신 / 許愼의 『설문 · 서 / 序』의 첫 단락은 "앙칙관상어천 / 仰則觀象於天, 부칙관법어지 / 俯則觀法於地"라는 말로 시작하고 "서자 / 書

---

159) 董蓮池, 『說文部首形義通釋, (中國, 東北師範大學出版社) p.67.
160) 說文, 聿部: "書, 所以書也."
161) 段玉裁, 『說文解字注, "以用也, 聿者所以書之也."
162) 『漢隸字源 · 平聲 · 魚韻 · 書字』引<淳于長夏承碑>; 『碑別字新編 · 十, 畫 · 書字 引<魏馮邑妻元氏墓誌>.
163) 許愼, 『說文解字: "書, 著也, 從聿者聲."

者, 여야 / 如也."라는 말로 그 단락의 끝을 맺고 있다. 첫 구절은 공자가 지었다고 전해지는 『주역 / 周易・계사 / 繫辭』164)에 나오는 것으로 허신 / 許愼이 『설문』을 지을 때 소위 '성인 / 聖人'의 말을 인용하였던 것으로 이해가 간다. "서자 / 書者, 여야 / 如也."라는 말의 뜻은 "서 / 書라고 하는 것은 곧 같은 것이다."라는 뜻이다. 즉 서 / 書라고 하는 것은 "앙칙관상어천 / 仰則觀象於天, 부칙관법어지 / 俯則觀法於地"와 같은 것이라는 主張이다. 『주역』의 "앙칙관상어천 / 仰則觀象於天, 부칙관법어지 / 俯則觀法於地" 이 구절에서 말하는 "상 / 象"은 주야의 바뀜에서 나타나는 일월성진의 변화이며 계절에 따라 바뀌는 풍운의 변화를 일컫는 것이다. 한마디로 개괄하면 '상 / 象'은 변화의 모습을 말한 것이다. 변화에는 일정한 법칙이 따른다. 그러므로 또한 "관법어지 / 觀法於地"이라고 한 것은 땅에서 그 변화의 법칙을 살핀다는 뜻으로 풀이가 된다. 관찰하고 살핀 다음엔 그 변화의 모양과 변화의 법칙을 본받아 '역 / 易'을 만들어 냈다고 하였다. 그러므로 '역 / 易'은 이렇게 천지지간의 변화를 분별하는 "헌상 / 憲象"이라고 허신 / 許愼은 말하였다.

"앙칙관상어천 / 仰則觀象於天, 부칙관법어지 / 俯則觀法於地"에서의 '상 / 象', '법 / 法' 그리고 "서자 / 書者, 여야 / 如也."에서의 '여 / 如'는 또한 같은 의미로도 쓰이는데 모두 "본받음"으로 해석이 된다.165) 때문에 '서 / 書'는 곧 "위로는 천문 / 天文을 본받고 아래로

---

164) 『史記・孔子世家』: "孔子晚而喜易・序・彖・繫・象・說卦・文言." 歐陽修는 이 것이 믿을 말이 못 된다고 하였다. 그는 『文言』이나 『繫辭』 중에 많은 곳에서 "子曰"이란 두 글자가 보이므로 孔子가 스스로 "子曰"이란 표현을 쓰지 않았을 것으로 판단하였던 것이다.
　　『周易・繫辭上』: "仰則觀象於天, 俯則觀法於地."
165) 法과 象은 서로 轉注될 수 있는 글자로서 모두 '倣效'의 뜻이 있다.

는 지리를 본받은 것"이라는 뜻이다. 이렇게 "본받은 것"이 곧 문/文과 자/字를 이루는데 그것을 "죽백/竹帛 같은 데에 나타낸 것을 서/書라고 한다."166)고 하였다. 이때 여기서 허신/許愼이 말하는 '서/書'는 곧 '책/冊'의 의미이다. '서/書'는 이렇게 '본받음' 이외에도 "책/冊"이라는 뜻이 있다. 붓(聿)이 말(曰)하니 곧 '서/書'자가 만들어졌고 아울러 '쓰다(著)' 혹은 '나타내다'의 뜻이 생겨났다. 상기와 같은 '서/書'가 가지는 의미를 총괄하여 허신/許愼은 '서/書'는 바로 '여야/如也'이라고 결론을 지었던 것이다.

'서/書'에는 허신/許愼이 말하는 "여/如"와 '저/著'의 뜻이 있는가 하면 또한 육예/六藝, 육서/六書, 육체/六體167) 등이 있다. 그리고 '오경육적/五經六籍'168), '서계/書契'169) 등등 의미도 들어 있는데 이때 '서/書'의 그 자체는 '도'와 다르지 않는 것이다. 그 외에도 '서/書'는 "구서/口書"라는 재밌는 의미도 들어 있다. "구서/口書"에 대한 해석을 "옛사람들이 종이가 없기에 일(事)을

例: 『墨子・辭過』: "爲宮室若此, 故左右皆法象之."; 『廣雅・釋詁』, "象, 效也." 『漢語大字典』, (中國, 湖北辭書出版社, 四川辭書出版社, 1995), p.663. "法"部; p.1503, "象"部 아래 『說文』 이외의 글자 解釋은 모두 이 『漢語大字典』을 參照로 하였기에 아래에 더 이상 출처를 밝히지 아니한다.
"書, 如也."와 같은 解釋에서 書와 如는 轉注字라고 한다. 轉注(六書)에 관하여서는 李敦柱, 『漢字學總論, (博英社, 1979, 10), pp.367－395.

166) 許愼, 『說文・序』, "著於竹帛謂之書."
167) 『周禮・地官・大司徒 六藝: "禮, 樂, 射, 御, 書, 數."「註」"書, 六書之品." 『地官・保氏』: "乃敎之六藝, 五曰六書."「註」"六書: 象形, 會意, 轉注, 處事, 假借, 諧聲;" 『前漢・藝文志』: "六體者, 古文, 奇字, 篆書, 隷書, 繆篆, 蟲書." 『說文』: "書有八體: 一曰大篆, 二曰小篆, 三曰刻符, 四曰蟲書, 五曰摹印, 六曰署書, 七曰殳書, 八曰隷書."
168) 『史記』・禮書註: "書者, 五經六籍總名也."
169) 『易』・繫辭: "上古結繩而治, 後世聖人易之以書契"「註」: "書契, 所以決斷萬事也."

114

입(口)에 '서 / 書'한 것을 구서 / 口書라고 한다."170)고 하였다.

"종이가 없어서 일어나는 일들을 입에다 적었다."는 뜻인즉 일어나는 일들을 형상화하여 입으로 전한다는 뜻이다. 다시 말하면 '구서 / 口書'라는 것은 보고 들은 것들을 생동하게 말로써 형상화한다는 것인데 '서 / 書'는 곧 '여야 / 如也'라는 것을 아낌없이 알려 주고 있다.171)

서법 / 書法172)을 '쓰는 법' 혹은 서사예술로 해석을 할 수도 있는데 그것은 순수예술173)로서의 서법 / 書法을 일컫는 것이며 서구적인 해석이다.174) 왜냐하면 '서법 / 書法'은 본디 중국고유의 명사이지만 '예술'은 'art'라는 영단어를 일본사람들이 한문으로 번역한 것이라고 한다. 원래 중국에는 '예 / 藝'나 '술 / 術'이라는 글자는 있어도 '예술 / 藝術'이라는 단어는 없었다. 때문에 서법 / 書法을 서구적인 '예술관'으로 해석을 하면 그 본의를 떠나게 됨을 알아야 한다.

유가의 형이상학적인 의미에서 말하는 서법 / 書法의 함의는 서법 / 書法이 '본받은 것', 즉 자연(天)과 사람(人)이 하나로 되는 이

---

170) 『詩』· 小雅: "畏此口書.", 『傳』: "口書, 戒命也.", 『疏』: "古者無紙有事書之於口, 故曰 口書."
171) 口書: 여기서 말하는 口書는 "言語"에 해당한다.
172) 위에서도 언급하였다시피 書寫藝術을 중국에서는 書法, 한국에서는 書藝, 일본에서는 書道라고 보통 부르는데 이에 대한 논란은 지금도 진행되고 있고 앞으로 끊임이 없을 것으로 예상이 된다.
173) 純粹藝術: 非實用的인 視覺藝術 또는 주로 美의 創造에 關聯된 藝術로 內容과는 상관없이 表面的인 形式美만 追求하는 것을 純粹藝術이라고 한다. 書法을 예로 든다면 書法을 "線의 藝術" 혹은 "造型藝術"이라고 하는 것은 곧 書法의 純粹藝術性을 고집하는 主張이다.
174) 이 觀點은 筆者가 最初로 主張하는 바이고 본 論文의 核心이라고 할 수 있다. 그리하여 전반 文狀에서 이를 위주로 다루고 있으며 文字藝術을 書法이라고 고집하는 理由가 바로 여기에 있다.

른바 '천인합일/天人合一'의 境地를 이루는 것에 根幹을 두고 있다. 하지만 '순수예술'로서의 서법을 부정하는 것은 결코 아니다. 반대로 '순수예술'로서의 '서법'과 철학적 의미에서의 '書法'은 결코 떨어질 수 없는 不可分의 關係를 맺고 있음을 잘 알고 있다.

'서법'이라고 할 때 '법/法'자 때문에 보통 기교 혹은 기술과 결부시켜 '글씨 쓰는 기교' 혹은 '글씨 쓰는 기술'로 인식을 하고 있다. 만약 어느 누가 서법을 한낱 '글씨 쓰는 기술'로만 인식하고 이해한다면 그가 알고 있는 서법이란 곧 하위 개념에 속하는 것이다. 서법이 점/點, 선/線, 결구/結構 등등 글자의 조형이나 장법/章法의 구성에만 치우치는 순수예술과 유가의 인본주의적 의미에서의 '서법'이 있기 때문에 서법의 '법/法'도 순수기법의 '법/法'이 있는가 하면 형이상학적인 의미에서의 '법/法'이 있다.

형이상학적인 의미에서 말하는 '법/法'은 바로 "서/書, 여야/如也"에서의 '여/如'와 동일한 의미를 갖게 된다. 이때의 '법/法'은 '서/書'와 같은 뜻으로 '본받음'으로 해석을 하여야 한다. 즉 '서법/書法'은 '서/書'가 '본받는 것'이라는 것이다. 노자/老子가 말하는 "도법자연/道法自然"175)에서의 '법/法' 역시 "본받음"의 의미로써 "도는 자연을 본받은 것" 혹은 "도는 자연을 본받는 것"이라고 해석을 하여도 무방하다. '법/法'자의 본의인 '刑罰'이나 "벌을 내리다."176)의 뜻은 서법 자체에는 있을 수 없는 것이다.

상기내용을 총결지어 보면 '서/書'와 '법/法'은 모두 "본받는

---

175) 『老子』「二十五章」: "人法地, 地法天, 天法道, 道法自然."
176) 許愼, 『說文』, 水部, "灋, 刑也."

116

것"이라는 의미를 가지고 있다. 허신/許愼이 말하는 "대나무조각이나 비단에 나타내는 것(著)을 서/書라고 한다."에서의 '서/書'가 가지는 의미만 보고 문자를 기록하는 실용적인 서사활동을 지칭하는 것을 '서/書'라고 단정하는 것은 단장취의/斷章取義의 오류를 범한 것이나 다름없다.

중국서법에서의 '서/書'의 진정한 함의는 바로 "여야/如也"에 있으며 '서법'에서의 '법/法' 자체가 갖고 있는 진정한 의미도 바로 "여야/如也"에 있다. 그러기 때문에 '법/法'은 곧 "여야/如也"이다. 『설문』의 말대로 '서/書'와 '법/法'이 "본받은 것"이 '천/天'과 '지/地'라고 할 때 '천/天'과 '지/地'는 곧 '자연/自然'을 뜻한다. 그리하여 "도법자연/道法自然"인 것처럼 "서법자연/書法自然"이란 이론이 성립된다. 즉 서법이란 본디 자연에서 비롯된 것으로 억지로 꾸미고 인위적인 가공으로는 예술이 될 수 없는 것이다. 다시 말하면 서법의 예술성은 바로 '자연'에 있다.

예술로서의 서법이 기법이나 기교를 떠날 수 없기에 그 '법/法'이 참으로 중요하다. 따라서 수많은 고금중외서법 자료들은 그 기법으로서의 '법/法'을 다룬 것이 결코 적지는 않다. 그리하여 기법을 위주로 하는 것이 서사예술이기에 '서/書'에다 '법/法'을 붙여서 '서법/書法'이라고 부르리라고 일반 사람들은 잘못 생각하고 있다. 이런 이해는 서법의 진정한 함의를 제대로 파악하지 못한 것이다.

위에서도 언급했지만 유가의 심미관에서 볼 때 서법의 진정한 함의는 "본받음"의 뜻을 가질 때에만 존재하는 것이다. 또한 서법의 '법/法'이 바로 "본받음"이고 그 "본받음"이 기법으로서의 '법/

法’보다 더 중요한 자리를 차지하기 때문에 “서예 / 書藝” 혹은 “서도 / 書道”가 아니고 바로 ‘서법 / 書法’이라고 부르는 것이다. 즉 서 / 書는 천지만물의 형상을 “본받음”으로 만들어졌는바 이는 바로 ‘예 / 藝’의 근원이 되는 것이고 서 / 書는 또한 그 사람을 “본받음”으로 “심화 / 心畵”177)이고 곧 ‘도’의 근원이 되는 것이다.

하지만 ‘서법’은 이름이 아니다. “서예”나 “서도”가 이름일지라도 ‘서법’은 이름이 아니다. 그냥 ‘서 / 書’가 “본받는 것”이므로 그 ‘서 / 書’로써 “군자 / 君子와 소인 / 小人을 가려볼 수 있다.”178)는 것을 알려 줄 따름이다. 노자가 말했듯이 “도가도비상도 / 道可道非常道, 명가명비상명 / 名可名非常名.”이라 하였거늘 ‘서 / 書’에 이름을 붙여서 부르는 것은 영원한 이름이 될 수 없는 것이다.

‘자연’ 속에서 제일 존귀한 존재는 사람이다.179) 때문에 ‘서법’이 “본받는 것” 중에는 당연히 ‘사람’도 포함되어 있으며 ‘사람’이 그 ‘본받음’의 근본으로 되고 있다. 그리하여 사람들은 ‘서법’을 통하여 ‘자연’과 ‘사람’을 알게 되며 “서여기인 / 書如其人”180)이라고도 하는 것이다. “서법자연 / 書法自然”은 예적 / 藝的 측면이 많고 “서여기인 / 書如其人”은 도적 / 道的 측면이 많이 포함되어 있다. 하지만 사람과 자연은 불가분의 관계를 맺고 있기 때문에 서 / 書 – 인 / 人 – 자연 / 自然은 상입상즉 / 相入相卽의 화엄적 / 華嚴的인 이치를 가지고 있다. 이런 상입상즉의 이치는 곧 천인

---

177) 楊雄, 『法言』, “書, 心畵也.” 李澤厚·劉綱紀 主編, 權德周·金勝心 共譯, 上揭書, p.661.
178) 楊雄, 『法言』, “君子小人見矣.” 上揭書, 같은 쪽.
179) 許愼, 『說文解字』, “人, 天地之性最貴者也.”
180) 劉熙載, 『書槪』, “書, 如也, ……如其人而已.”

합일의 '도'와 다르지 않다.

'예/藝'와 '도/道'가 합치되어 '법/法'을 이루게 되는 것은 중국서법밖에 없다. 중국서법이 수천 년래 흥성불쇠하고 중국뿐만 아니라 동양을 대표하는 예술의 한 장르를 형성할 수 있은 것은 한자라는 중국특유의 문자가 있었기 때문이다. 따라서 순수한 '예/藝'나 '도/道'의 경지에 도달하는 데는 다른 나라의 문자도 가능한지는 나의 무지함으로 모르겠지만 서법이라고 할 때 그것은 곧 한자를 떠나서는 논의가 불가능하다고 생각한다. 한자[181]가 있기에 서법이 존재하는가 하면 중국특유의 유/儒·도/道·석/釋의 철학이 불일이불이/不一而不二의 미묘한 관계를 형성하기 때문에 서법예술이 존재하고 있는 것이다.

---

181) 漢字가 가지는 人本主義的 특수성에 대해서는 Ⅲ장에서 상세히 논의하기로 한다.

徐權－05'

2) ‘예 / 藝’와 ‘술 / 術’

서법이 ‘예술’이라고 할진대 ‘예 / 藝’와 ‘술 / 術’에 대하여 반드시 짚고 넘어가야 한다. 아울러 “근대서양인들이 ‘화인아트’라고 불렀던 시·음악·조각·건축 등에 해당하는”182) ‘예술’이 중국인들의 인식 속에서는 어떠한 것일까 하는 것을 유가심미사상의 의미에서 논의할 필요가 있다.

왜냐하면 우리가 오늘날 보편적으로 사용하고 있는 ‘예술’이란 단어는 ‘중국의 것’이 아니기 때문이다. 예술을 독일어로 ‘Kunst’라고 하고 영어나 불어로는 ‘art’라고 부른다. ‘Kunst’ 혹은 ‘art’라는 말은 원래 전문적으로 ‘예술’만을 지칭하는 단어가 아니라 “일정한 생활목적을 효과적으로 달성하기 위하여 어떠한 재료를 가공하고 형성하여 객관적인 성과나 물건을 산출하는 능력 또는 활동으로서의 기술을 총칭하며 오늘날에도 광범위하게 이런 의미로 사용되고 있다. 따라서 예술은 본래 ‘기술’이라는 의미를 가지고 있다고 할 수 있다. 그런데 미적 의미로 한정된 ‘Knust’, 즉 예술의 관념은 18세기에 들어와서야 비로소 두드러졌다.”183) 아울러 “서양에 있어서도 근대 시기를 통하여 겨우 확립된 ‘뷰티’와 ‘화인아트’의 등식 관계를 동양에 적용시켜 보려는 입장에서 그 두 개념을 ‘미’와 ‘예술’로 번역해 놓고 그것을 동양미학의 기본개념인 것으로 혼동하고 있는 것은 아닌지 하는 의문이 따른다.”184)는

---

182) 오병남, 『미학강의』, 서울대학교출판부, 2006, p.525.
183) 김병기 上揭論文, p.31.
184) 오병남 上揭書, p.526.

우려와 의심도 당연히 존재하고 있기 때문에 '중국식'으로 '예술'
을 해석할 필요가 있다.

위에서도 이미 언급하였듯이 서법은 '기술'과 전혀 무관하지 않
다. 그렇다면 서양에서 말하는 "예술이 본래 기술이라는 의미를 가
지고 있다."고 할 때 중국에서 말하는 '예술'과 '기술'은 어떠한
것일까?『說文 에서는 "기 / 技는 교 / 巧다."라고 하였으며 또 "교 /
巧는 기 / 技이다."185)라고 하였다. 즉 기 / 技와 교 / 巧는 서로 전
주 / 轉注되는 글자로 같은 의미를 지니고 있다.『광운 / 廣韻』에서
는 "기 / 技는 예 / 藝다."186)라고 하였다. 허신 / 許愼이『설문』에서
육서 / 六書187)에 대해 말할 때 전주 / 轉注에 대하여 이렇게 규정
하였다. "전주자 / 轉注者, 건류일수 / 建類一首, 동의상수 / 同意相
受, 노고시야 / 老考是也." 여기에 대한 후세의 해석은 다양하고
지금도 논의가 계속되고 있지만 노 / 老와 고 / 考자가 서로 같은
뜻을 가지므로 서로 호환되어 쓰일 수 있다는 데는 공통된 견해
를 보이고 있다. 즉 "노 / 老, 고야 / 考也."라고 할 수 있으며 반대
로 "고 / 考, 노야 / 老也."라고 할 수 있다. 그렇다면 "기 / 技, 교야 /
巧也."와 "기 / 技, 예야 / 藝也."는 "동의상수 / 同意相受"임이 틀림
없는 것으로서 전주 / 轉注에 속하는 글자이다.

즉 기 / 技, 교 / 巧, 예 / 藝는 서로 같은 의미를 담고 있는 글자
로서 서법이 기법 혹은 기예라고 할 이때 '기 / 技' 혹은 '예 / 藝'
는 '재능 / 才能'188)이라는 함의가 많다고 해야겠다. 여기서 말하는

---

185) 許愼,『說文』: "技, 巧也."; "巧, 技也."
186) 『廣韻』: "技, 藝也."『說文』에는 藝자가 기록되어 있지 않다.
187) 許愼,『說文·序』: "六書者, ……轉注者, 建類一首, 同意相受, 老考是也."
188) 六書: 여기서 말하는 六書는 指事, 象形, 形聲, 會意, 轉注, 假借를 말하는 것이다.

‘기 / 技’와 ‘예 / 藝’는 동일한 의미로 쓰이며 모두 재간 혹은 재능이라는 뜻으로 쓰인다.189)

‘예 / 藝’의 모양은 이미 갑골문에도 나와 있는 데와 같은 모양을 취하고 있다. 사람이 나무 혹은 곡식을 심는 모양으로 “심다”, “심어서 기르다.”는 뜻이 있다.190) 재능이라는 것은 오랜 세월 동안 갈고닦아서 새싹을 심어 키우듯이 하여야 이룩할 수 있는 것으로써 ‘기 / 技’가 비로소 ‘예 / 藝’와 같은 뜻을 하게 되었던 것이다. “고대에는 생활 속에서 무엇보다도 필요한 기술은 나무나 농작물과 같은 식물을 심어서 잘 자라도록 가꾸는 기술이었다.

특히 식물을 옮겨 심어 살게 하는 것은 무엇보다도 중요한 기술이었다. 왜냐하면 당시는 농업이 주산업이었으므로 식물을 잘 심고 가꾸는 기술이야말로 삶을 영위하는 기본적인 기술로 쓰이게 되었으며 그 뜻이 더욱 확대되어 재능, 이치, 기술, 일상의 제도 등의 의미로 쓰이게 되었으며 오늘날에 이르러서는 예술이라는 의미로 쓰이게 되었다.”191)

『장자·양생편』의 「포정해우 / 庖丁解牛」192) 이야기는 ‘기예’의

---

189) 『韻會』: “才能也.”, 『禮·運』: “月以爲量, 故功有藝也. 「註」: “藝猶才也.”
190) 『韻會』: “種也.”, 『書·禹貢』: “蒙羽其藝.”, 『傳』: “兩山已可種藝.”, 『孟子』: “樹藝五穀.”
191) 김병기 上揭論文, p.15.
192) 『莊子』·養生篇, 「庖丁解牛」: “庖丁爲文惠君解牛. 手之所觸5, 肩之所倚,足之所履, 膝之所踦, 砉然向然, 奏刀騞然, 莫不中音: 合於 「桑林」之舞, 乃中 「經首」之會. 文惠君曰: “嘻, 善哉! 技蓋至此乎?” 庖丁釋刀對曰: “臣之所好者, 道也; 進乎技矣. 始臣之解牛之時, 所見無非牛者; 三年之後, 未嘗見全牛也. 方今之時, 臣以神遇而不以目視, 官知目而神欲行. 依乎天理, 批大郤, 導大窾, 因其固然, 技經肯綮之未嘗, 而況大軱乎! 良庖歲更刀, 割也; 族庖月更刀, 折也. 今臣之刀十九年矣, 所解數千牛矣, 而刀刃若新發於硎. 彼節者有間, 而刀刃者無厚; 以無厚入有間, 恢恢乎其於遊刃必有餘地矣! 是以十九年而刀刃若新發於硎. 雖然, 每至於族, 吾見其難爲, 怵然爲戒, 視爲止, 行爲遲.動刀甚微, 謋然已解, 如上委地. 提刀而立, 爲之

함의를 그대로 반영한 이야기라고 할 수 있다. 아래에 그 이야기
를 길게 인용한다.

포정 / 庖丁이 문혜군 / 文惠君을 위해서 소를 잡는데 손으로 쇠뿔
을 잡고 어깨에 소를 기대게 하고 발로 소를 밟고 무릎을 세워
소를 누르면 "칼질하는 소리가 처음에는" 획획 하고 울리며 칼을
움직여 나가면 쐐쐐 소리가 나는데 모두 음률에 맞지 않음이 없
어서 상림 / 桑林의 무악 / 舞樂에 부합되었으며 경수 / 經首의 박자
에 꼭 맞았다. 문혜군 / 文惠君이 말했다.
"아, 훌륭하구나. 기술이 어찌 이런 경지에 이를 수 있는가." 그러
자 포정 / 庖丁이 칼을 내려놓고 대답하였다.
"제가 좋아하는 것은 도인데 이것은 기술에서 더 나아간 것입니
다. 처음 제가 소를 해부하던 때에는 눈에 비치는 것이 온전한
소 아닌 것이 없었습니다. 그런데 3년이 지난 뒤에는 온전한 소
는 보이지 않게 되었습니다. 지금은 제가 신 / 神을 통해 소를 대
하고 눈으로 보지 않습니다. 감각기관의 지각능력이 활동을 멈추
고 대신 신묘한 작용이 움직이면 자연의 결을 따라 커다란 틈새
를 치며 커다란 공간에서 칼을 움직이되 본시 그러한 바를 따를
뿐인지라 경락과 긍계 / 肯綮가 칼의 움직임을 조금도 방해하지
않는데 하물며 큰 뼈이겠습니까? 솜씨 좋은 백정은 일 년에 한
번 칼을 바꾸는데 살코기를 베기 때문이고, 보통의 백정은 한 달
에 한 번씩 칼을 바꾸는데 뼈를 치기 때문입니다. 지금 제가 쓰
고 있는 칼은 19년이 되었고 그동안 잡은 소가 수천 마리인데도
칼날이 마치 숫돌에서 막 새로 갈아낸 듯합니다. 뼈마디에는 틈새
가 있고 칼날 끝에는 두께가 없습니다. 두께가 없는 것을 가지고
틈이 있는 사이로 들어가기 때문에 넓고 넓어서 칼날을 놀리는
데 반드시 남는 공간이 있게 마련입니다. 이 때문에 19년이 되었
는데도 칼날이 마치 숫돌에서 막 새로 갈아낸 듯합니다. 비록 그
러하지만 매양 뼈와 근육이 엉켜 모여 있는 곳에 이를 때마다 저

四顧, 爲之躊躇滿志; 善刀而藏之." 文惠君曰: "善哉! 吾聞庖丁之言, 得養k生焉."

는 그것을 처리하기 어려움을 알고 두려워하면서 경계하여 시선
을 한곳에 집중하고 손놀림을 더디게 합니다. 그 상태로 칼을 매
우 미세하게 움직여서 스르륵 하고 고기가 이미 뼈에서 해체되어
마치 흙이 땅에 떨어져 있는 듯하면 칼을 붙잡고 우두커니 서서
사방을 돌아보며 머뭇거리다가 제정신으로 돌아오면 칼을 닦아서
간직합니다.”
문혜군 / 文惠君이 말했다. “훌륭하다! 내가 포정 / 庖丁의 말을 듣
고 양생 / 養生의 도를 터득하였다.”

이 긴 이야기를 개괄하면 두 가지 도리를 설명한 것을 알 수
있다.

첫째는 현존세계의 일체사물은 모두 자기의 객관규율이 있기 때
문에 반복적인 실천을 통하여 부단히 경험을 쌓는다면 포정 / 庖丁
과도 같이 ‘장인 / 匠人’이 될 수 있으며 모든 일에서 다 유인여유 /
游刃有余193)할 수 있다는 것이다.

둘째는 문혜왕 / 文惠王이 말한 “양생의 도를 터득하였다.”는 말
에 있다. 비록 그렇게 능란한 칼솜씨를 가지고 있지만 19년이 지
난 지금에도 “매양 뼈와 근육이 엉켜 모여 있는 곳에 이를 때마
다 저는 그것을 처리하기 어려움을 알고 두려워하면서 경계하여
시선을 한곳에 집중하고 손놀림을 더디게 합니다.”고 庖丁은 말하
였다. 이는 곧 복잡다단한 사회생활에서 각종 곤란과 위험에 봉착
하게 될 때마다 “어려움을 알고 두려워하면서 경계”하여야 한다
는 일종 도가의 처세술인 것이다. 이는 정녕 유가의 사상과 상반
되는 것이라 하겠다.

---

193) 游刃有余: 四字成語로써 솜씨 있게 일을 처리하다. 힘들이지 않고 여유 있게 일을
처리하다. 식은 죽 먹기 등 의미로 쓰인다. 원래는 칼을 씀이 여유가 있다는 뜻이다.

만약 서법이 한낱 붓놀림의 '기교' 혹은 '기술'이라면 포정/庖丁
이 능숙한 칼놀림으로 소를 잡는 '기교'와 전혀 다름이 없는 것이
다. '기교' 혹은 '기술'은 누구나 노력만 하면 다 장악할 수 있는
일종의 재간이다. 포정이 스스로 문혜왕/文惠王에게 자기가 궁극
적으로 추구하는 것은 비록 '도'라고 말했지만 그가 말하는 '도'는
'소요도/逍遙道'194)이며 공자가 말하는 '노님(游)'195)의 '도'와 상
통하는 것도 있지만 어디까지나 은둔의 '도'로써 도가에서 말하는
'도'이다. 만약 서법이 '기예'를 위주로 하는 '예술'이라고 할 때 능
란한 붓놀림을 장악하여 보기 좋은 글자를 써내는 것을 최종목적으
로 한다면 그것은 곧 포정/庖丁과 같이 '도'에 이를 수 있다는 자
호감에 뿌듯함을 느낄 것이다.

하지만 유가에서 인식하는 기교는 아무리 유인유여/游刃有余
의 경지에 이르렀다 하더라도 그것은 한낱 보잘것없는 '소기/小
技'에 지나지 않는다는 것이다.

도가에서의 '기교', '기술'과 같은 '예/藝'는 '도/道'와 상등하
는 그런 중요한 위치에 처해 있는지는 몰라도 유가에서의 '예/
藝'는 그와 판이한 입장을 취하고 있다. 그리하여 북송시대의 대
서법가인 화정견/黃庭堅은 이렇게 말하였다.

> 글씨를 쓸 때 마음은 손을 알지 못하고 손은 마음을 알지 못하게
> 하는 것, 그것이 바로 法이다. 만약 글씨 쓰는 사람의 마음이 기
> 능에 능한 장인/匠人과 다투게 되어 그 기능으로 후세에 이름을
> 남기게 된다면 서예는 장인/匠人이나 기능인/技能人과 같은 공
> /功을 들이는 일에 불과할 것이다.196)

194) 『莊子·內篇·逍遙遊』
195) 『論語·述而』: "志於道, 據於德, 依於仁, 游於藝."

황정견 / 黃庭堅이 지적한 대로 포정 / 庖丁이 소를 잡는 것은 일종 기능에 속하는 것이며 포정 / 庖丁은 장인 / 匠人 혹은 기능인 / 技能人에 불과한 것이다.

기술 혹은 예술이라고 할 때의 '술 / 術'은 본래 '길(道)'197)이라는 뜻이다. 포정 / 庖丁이 소를 잡듯이 고도의 기예를 갖추고 있어야 '예술'의 '길'에서 마음대로(逍遙) 하고 노닐(游) 수 있을 때 서법은 바로 '서예 / 書藝'라고 말할 수 있는지도 모른다. 왜냐하면 "예 / 藝는 자유로운 유희이기 때문이다. 이것들을 장악하는 데는 반드시 전문적인 훈련이 필요"198)하기 때문이다. 포정 / 庖丁이 소 잡는 기술을 익히는 데는 3년이란 세월밖에 걸리지 않았다고 한다. 그런데도 그가 자유롭게 "칼놀림"을 하면서 '도'를 운운하는 것은 참으로 놀랄 만한 일이기도 하다.

사실 한 가지 기술이나 재간을 배우는 것은 어느 누구나 다 할 수 있고 또 가능한 것이며 그리 오랜 시일이 걸리지 않는다. 즉 어느 누구나 다 포정 / 庖丁과 같은 달인이 될 수 있다는 뜻이다.

이때 말하는 기술이나 재간은 순수기술이나 재간을 말하는 것으로써 순수예술의 범주에 속한다고 할 수 있다. 만약 서법예술이 순수한 조형예술이라고 가정하면 붓으로 그 조형미를 만들어 내는 것은 포정 / 庖丁이 소를 잡는 것처럼 '3년'이란 시간이면 충분히 습득할 수 있는 기술이 될 것이다.

---

196) 楊家駱, 『宋人題跋』(上), (臺灣, 世界書局印行, 民國63), p.64.
　　黃庭堅, 「山谷集」, 「書十˚棕心扇因自評書」, "心不知手, 手不知心, 法耳. 苦有心與能者, 爭衡後世不朽, 則與書藝工史輩同功矣."『書藝學研究』, 김병기, 上揭論文, (韓國書藝學會, 2006. 3, 제호), p.29.
197) 許愼, 『說文』: "術, 邑中道也."
198) 李澤厚 著 / 權瑚譯, 『華夏美學』, (東文選, 1994. 12), p.71.

하지만 평생토록 배워도 배워내지 못하는 것이 바로 서법예술이다. 이는 서예가 곧 '인학/仁學'이기 때문이며 사람이 진정한 '사람'으로 되는 것은 참으로 어려운 일이기 때문이다.

중국에는 매예/賣藝라는 고유의 명사가 있다. 단어 그대로 '예를 팔다.' 혹은 '재간을 자랑하다.'[199)는 뜻이다. 포정/庖丁이 문혜왕/文惠王 앞에서 소를 잡는 기량을 선보인 것은 사실상 "매예/賣藝"이다. 중국의 대서가 정섭/鄭燮이나 등석여/鄧石如도 생활이 어려운 상황에 봉착하자 서법작품이나 수묵화작품을 팔았다는 이야기도 있다.[200) 지금도 서화작품을 팔고 사는 일들이 비일비재이다. 이렇게 볼 때 서법은 가히 팔 수 있는 '기예'임이 틀림없으며 이때 말하는 서법은 소위 하위개념/下位槪念에 속하는 것이다.

한편 문인들이 일종 '유희인간/遊戲人間'의 '노님(游)'을 엿볼 수 있는 대목이기도 하다. 예/藝를 판다는 것은 '예/藝'가 곧 형식적인 것이고 눈으로 볼 수 있고 느낄 수 있는 시각적인 것이라는 것을 설명한다. 지금도 가끔 공공장소에서 휘호하면서 서법의 기량을 자랑하는 사람들을 볼 수 있다. 이렇게 남에게 보이기 위한 목적으로 용필/用筆을 배운다면 그것은 진정한 서법예술이라고 말할 수 없으며 한낱 포정/庖丁의 칼놀림이나 다름이 없는 장인/匠人에 불과한 것이다.

'기/技' 혹은 '예/藝'는 팔 수도 있을 뿐만 아니라 갖고 놀 수도 있는 것인데 중국에서는 '매예/賣藝' 외에도 또 '사기/耍技'[201)

---

199) 賣: 『說文』: "賣, 出物貨也." 『莊子・天地』: "獨弦哀歌以賣名聲於 天下者乎?"
200) 「中國美術報 - 電子版」, (2005. 06. 11, 星期六), 一面.

라는 고래의 명사가 있다. "갖고 노는 기예"는 결과적으로 사람들에게 보이기 위한 것이다. 예를 들어 거리에서 원숭이를 "갖고 놀고", 칼이나 검을 '갖고 놀면서' 잔 재간으로 돈벌이하면서 떠돌이 생활을 하는 사람들을 일명 잡기 / 雜技 – 서커스라고 한다.

서법을 '소기 / 小技' 혹은 '말기 / 末技'라고 하는 것은 또 다른 뜻이 있을 수 있다.

고대, 주요 서사공구가 붓이었던 시기에 사람마다 붓만으로 글을 썼으니 별로 특별한 기술이 아니라고 생각하였을 것이다. 보편적인 것은 평범하기 때문이다. 사람마다 능숙하게 용필 / 用筆하였고 누구나 다 이 '기술'을 장악하고 마음대로 갖고 놀(耍, 游) 수 있었기에 사실 그다지 대단한 '기술'도 아니었다. 특별한 기술이 아닌 이상 '소기 / 小技'에 지나지 않았을 것이다. 성인 / 聖人들이 지은 경전 / 經典을 익히고 향하는 것이 주요한 인생과제였기에 붓은 공부하는 도구에 불과하였던 것이다.202)

'예 / 藝'는 상기의 '기 / 技'와 같은 뜻을 내포하고 있는가 하면 또 '육예 / 六藝', '육경 / 六經' 또는 '문 / 文'203) 등등의 함의도 내포하고 있는바 이때의 '예 / 藝'는 곧 '서 / 書'204)의 의미를 지니고 있다. 『사기 / 史記・예서주 / 禮書註』에 "서 / 書라고 하는 것은 오경육적 / 五經六籍의 총명이다."205)고 하였다.

---

201) 耍: 희롱하다, 노름하다. 『紅樓夢』: "醒時便在院里耍刀弄棒.",
　　　http://www.zjcnt.com/Article/2006 – 07 – 13/62901.shtml: "遊藝耍技"
202) 필자 주: 여기에 대해서는 더 상세한 고찰이 필요하며 본문의 연구 범위에 넣지 않는다.
203) 『周禮・天官・宮正』: "會其什伍, 而敎之道藝. 「註」: 藝謂禮, 樂, 射, 御, 書, 數.";『傳』:
　　　"告至文祖之廟. 藝, 文也.";『王延壽・魯 靈光殿賦』: "觀藝於魯.「註」六經也."
204) 『周禮・地官・大司徒』: "六藝: 禮, 樂, 射, 御, 書, 數.「註」: 書, 六書之品."
205) 『史記・禮書註』: "書者, 五經六籍總名也."

『상서서소 / 尙書序疏』에서는 "서 / 書로써 법 / 法을 알리기에 서 / 書에 법 / 法이 있다고 하며 호 / 號를 서 / 書라고 한다. 때문에 '백씨육경 / 百氏六經'을 총괄하여 서 / 書라고 한다."206)고 하였다. 상기 말을 종합하여 보면 '서 / 書'는 '예 / 藝'라는 의미도 가지고 있으며 '서법'이라 함은 곧 '경전 / 經典'이라는 뜻을 내포하고 있다. 이때 말하는 '경전 / 經典'은 물론 유가경전을 일컫는 것이요, 곧 유가의 '도'를 말하는 것이다.

붓으로 서사하는 활동(藝)은 비록 '소기 / 小技'라고 하지만 '경전 / 經典'을 씀으로써 비로소 '도'에 도달할 수 있는 것이다. 즉 붓을 들고 경전 / 經典 공부를 하는 그 자체가 바로 '도'를 닦는 것이며 '인 / 仁'을 '예 / 藝(심음)'하는 것이 되는 것이다.

위에서 언급하였다시피 '예 / 藝'의 본래의 뜻은 '심음'에 있다. 즉 유가에서 말하는 진정한 문화예술의 가치가 바로 이 '심음'에 있는 것이다. "인학 / 仁學을 기초로 하여 개인의 인격에 '인 / 仁'을 '심어줌'으로써 사회의 화해발전을 이룩"207)하는 것이 바로 공자 미학사상의 근간이다. 즉 유가미학이 주장하는 것은 '예 / 藝'는 반드시 인간 "개인의 인격에 인 / 仁을 심는 것"이며, 바라는 것은 "사회의 화해발전"이다. "인심을 감화시키는 데에 있어서 예술은 사람들로 하여금 즐거이 '인 / 仁'을 행하게 하는 수단이다." "개인의 감정심리에 심미와 예술이 즐거움을 감염시키는 역할을 주요하게 생각하는 동시에 이러한 역할이 군중의 화해발전으로 발전

---

206) 『尙書序疏』: "諸經史因物立名, 物有本形, 形從事著,聖賢闡敎, 事顯於言, 言恢羣心, 書而示法, 旣書有法, 因號曰書. 故百氏六經總曰書也."
207) 李澤厚・劉綱紀 主編 / 權德周・金勝心 共譯 上揭書, p.126.

해 나갈 때에야 비로소 진정한 의의와 가치를 지니게 된다. 개인의 심리욕구와 사회의 윤리규범이 두 가지의 융합일치가 공자 미학의 가장 뚜렷한 특징이다.”208)

이렇게 볼 때 유가적인 의미에서의 서법예술은 ‘인 / 仁’을 떠날 수 없으며 ‘도’와 직결되는 것이다. 서법예술에 있어서 ‘서 / 書’와 ‘법 / 法’은 천지 사이의 만물을 ‘본받는 것’이고 ‘예 / 藝’와 ‘술 / 術’은 “즐거이 ‘인 / 仁’을 행하게 하는 手段”이다. ‘서법’이 본받은 중에서도 제일 중요한 자리를 차지하는 것은 바로 ‘사람(人)’이며 따라서 서법예술이 지향하는 바가 바로 공자의 ‘인학 / 仁學’과 서로 부합되는 것이다.

상기 문장을 종합해 보면 유가심미사상을 통해 본 ‘서법예술’은 대체로 아래와 같은 두 가지 특징이 있다.

첫째, 하위개념으로서의 서법예술, 즉 순수예술로서의 서법은 일종 “소요유 / 逍遙游” 할 수 있는 “자유롭고 즐거운 인간으로”되는 ‘예 / 藝’인 것이다. “유가가 말한 것이 ‘자연의 인간화’라면 장자가 말한 것은 곧 ‘인간의 자연화’이며 전자는 인간의 자연성은 반드시 사회성에 부합되고 스며들어야만 비로소 사람이라고 말하였고 후자는 인간은 반드시 사회성을 버려 그 자연성을 오염시키지 말아야 비로소 진정한 인간이 될 수 있다는 것이다.” “유가는 ‘천인동구 / 天人同構’, ‘천인합일 / 天人合一’을 말하여 항상 자연으로써 억지로 인사 / 人事에 갖다 붙이고 인사 / 人事에 타협시키며 인사 / 人事에 복종시키는데 장자의 ‘천인합일’은 곧 인사 / 人

---

208) 上揭書, pp.130 - 131.

事를 철저히 버리고 자연과 합일할 것을 요구하며; 유가는 인간관계 속에서 개체의 가치를 확인하는데 장자는 곧 인간관계를 벗어나 개체의 가치를 찾는다. 이러한 개체가 곧 '소요유 / 逍遙游'라 할 수 있다."209)

둘째, 유가심미사상에 부합되는 서법예술이란 반드시 사람으로 하여금 인간다운 인간으로 만들려는 유가의 규범에 틀을 맞추는 것인데 이때의 서법은 사실상 '인학 / 仁學'인 것이며 진정한 중국서법예술의 상위개념이라고 할 수 있다.210) 유가에서는 "인간심리 정성의 도야 / 陶冶와 형성에 치중하고 인간화된 내재적 자연에 치중하여 '인정이 결코 면할 수 없는 바(人情之所必不免)'의 자연적인 생리적 욕구, 감각기관의 수요로 하여금 사회적인 배양과 성능을 얻도록 하였다. 따라서 그것이 도달한 심미상태와 심미성과는 항상 귀와 눈과 마음과 뜻을 즐겁게 하여 대체로 인간관계와 도덕의 영역에서 한정하거나 제약했다."211)는 것을 알 수 있다.

---

209) 李澤厚 著 / 權瑚譯, 『華夏美學』, (東文選, 1994. 12), p.115.
210) 熊秉明은 저서 『中國書法理論』에서 書法의 流派를 여섯 가지로 나누었다. 그 여섯 가지로는 唯物主義, 純造型的美, 緣情, 倫理, 天然, 佛敎 등이다. 본문에서는 주로 倫理派를 위주로 다루려고 한다. 熊秉明, 『中國書法理論』, (天津敎育出版社, 2002. 6).
211) 李澤厚 著 / 權瑚 譯, 上揭書, p.114.

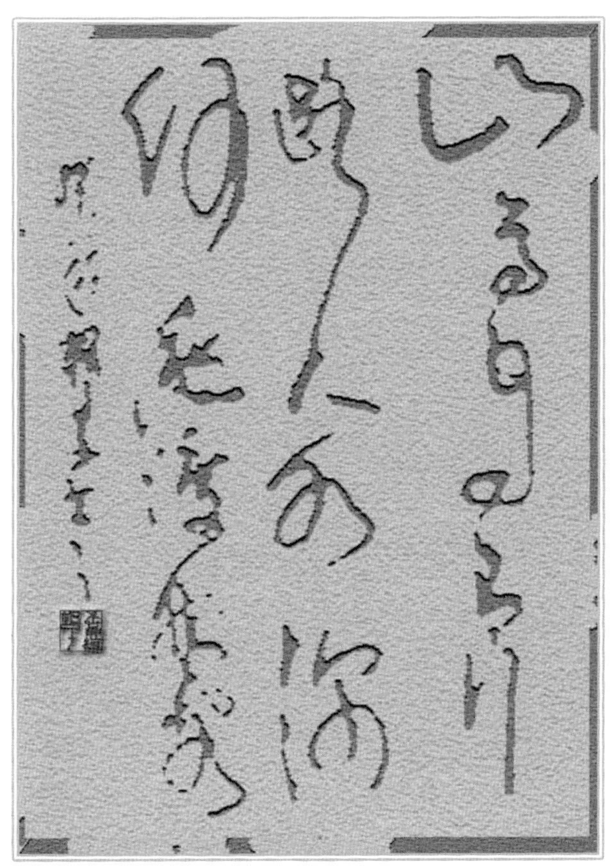

徐權－06'

Ⅳ. 유가심미사상과 서법비평

유가심미의 관점에서 보는 서법은 작가와 작품이 불가분의 관계에 있으며 작품을 통하여 작가의 마음을 알 수 있다고 주장한다. 그리하여 '서 / 書'가 곧 '심화 / 心畵'이고 또 그렇기 때문에 '서 / 書'를 통하여 '소인 / 小人'과 '군자 / 君子'를 분별할 수 있으며 마음이 발라야 글씨도 바르고 '서여기인 / 書如其人'이라고 말한다. 이러한 심미사상은 적극적인 일면도 있지만 다른 한편으로는 유가사상의 한계를 잘 드러내 보이는 것이기도 하다.

1. 서법의 '심 / 心'

1) 양웅 / 楊雄의 '심화 / 心畵'

양웅 / 楊雄은 자가 자운 / 子雲이며 촉군성도 / 蜀郡成都(지금의 사천성 비현) 사람으로 기원전 53년에 태어나 서기 18년에 죽었다. 그는 부 / 賦로써 한대 / 漢代에 이름을 날린 문학가이자 지식이 깊고 넓은 학자이며 유가에 정통한 철학자이다.

양웅 / 楊雄은 서한 말 / 西漢末에 살았는데 당시는 한대 / 漢代가 몰락되고 와해되던 암흑시대이다. 이런 전변기에 살았던 양웅 / 楊

雄은 사상적으로 이중성을 가지고 있었다.

한편으로 그는 유가사상 중의 합리적이고 진보적인 면을 계승하여 발전시켰고 또 한나라 초기 이래로 유가사상의 속박에서 벗어나 나름대로의 기개를 표현해 내었다.

다른 한편으로는 유가사상을 유일한 절대 진리로 간주함으로써 도처에서 유가사상의 한계를 노출시키고 있다.

"흔히 어떤 사람들은 예술과 공공성을 두 개의 영역으로 나누어 보려는 경향을 가지고 있다. 그러나 자세히 생각해 보면 예술과 공공성은 서로 대립되는 양극단에 놓아야 할 아무런 이유가 없으며 오히려 양자의 융합과 조화를 통해 건전한 사회의 건전한 예술로 이루어 내야 할 당위성이 요구된다. 이것이 동양의 미학과 예술에서 적극 논의되고 지향되어 왔던 미와 선의 조화·통일 문제이다."212)

이런 "미와 선의 조화·통일 문제"는 발전을 거듭할수록 '문제'의 해결은 극단으로 치닫게 되었다. 그리하여 인본주의 사상의 의미에서 보는 서법은 '서 / 書'가 곧 '인 / 人'이라고 인식을 하고 있으며 서법작품의 품격은 곧 인품과 직결되는 것으로 간주하고 있는 것이 역대 이론가들의 공통된 주장이었다.

즉 '서여기인 / 書如其人'이라는 "유가사상을 유일한 절대진리로 간주함으로써 유가사상의 한계를 노출"213)시키는 이른바 서법품평기준이 생겨나게 되었다.

---

212) 송하경, 『서예미학과신서예정신』, (도서출판 다운샘, 2003. 11), p.40.
213) 李澤厚·劉綱紀 / 權德周·由智超·金勝心, 『中國美學史』, 제4장, 楊雄의 美學思想」, (대한교과서주식회사 2001. 9), p.639.

“중국에서 ‘서여기인 / 書如其人’ 설 / 說의 근원은 동한 / 東漢시
대의 양웅 / 楊雄의 『법언 / 法言·문신 / 問神』으로 거슬러 올라가
야 할 것이다.”214)

> 말이 그 마음을 표현할 수 없고 글씨가 그 말을 표현할 수 없으
> 면 어쩌겠는가? 오직 성인 / 聖人만이 말의 풀이를 할 수 있고 글
> 씨의 형체를 알 수 있어 대낮같이 비추고 강하 / 江河처럼 흐르게
> 한다. 아득하고 끝없구나! 누가 그것을 제어하랴. 얼굴을 마주하
> 고 하는 말은 서로 심중의 하고 싶어 하는 바를 이끌어 내는데
> 사람의 화난 마음을 서로 통하게 하는 것은 말보다 더 좋은 것이
> 없다. 천하의 일을 오래 멀리 기록하고 눈으로 볼 수 없는 옛날
> 일을 전하며 천 리 밖 멀리까지 전하는 것은 글씨만 한 것이 없
> 다. 그러므로 말은 마음의 소리요(心聲), 글씨는 마음의 그림이다
> (心畵). 그 소리와 그림의 모습으로 소인과 군자가 구별된다.215)

말과 글씨는 사람의 마음속의 사상, 감정을 전달하기 때문에 양
웅 / 楊雄은 말을 가리켜 ‘심성 / 心聲’, 글씨를 가리켜 ‘심화 / 心
畵’라고 했던 것이다.

말을 심성 / 心聲이라 한 것은 쉽게 이해할 수 있으며 글씨를
심화 / 心畵라고 한 것은 중국문자가 본래 상형에서 발전하여 나
온 것이기 때문에 최초에는 “글자를 쓴다는 것이 곧 그림을 그리
는 것”216)이었으므로 “글씨로 쓰는 것을 ‘심화 / 心畵’라 한 것이
다.” 노신 / 魯迅의 말로 ‘심화 / 心畵’를 분석한 것은 어디까지나

---

214) 金學智, 上揭書, p.259. “在中國, ‘書如其人’說的思想源頭, 可追溯到東漢楊雄的 『法
言·問神』.”
215) 楊雄, 『法言』·問神, 李澤厚·劉綱紀 / 權德周·由智超·金勝心, 上揭書, p.662.
216) 魯迅, 『且介亭雜文·門外文談』, 1939, 申報·自由談: 魯迅은 한자는 그림을 그리
듯이 그려낸 것이라고 하였다. 즉 상형문자라는 뜻이다.

중국문자의 일부분만 이해하는 데에 그친 것이다.217) 말은 심성 /
心聲이며 글씨는 심화 / 心畵라고 할 때 군자와 소인의 마음을 양
웅 / 楊雄은 아주 다른 것으로 파악했기 때문에 그는 또한 "소리
와 그림을 보면 군자와 소인이 구별될 수 있다."고 하였던 것이
다. 이러한 견해는 후세에 일컬어지는 이른바 문학, 예술을 가리
키는 말은 아니며 유가의 편견이 포함되어 있다.

그러나 한편으로 보면 이런 견해는 분명히 문학예술과 직접적
인 주요한 관계가 있다. 선진시대 / 先秦時代에 말하는 말과 글씨
에는 문학작품을 포함하고 있기 때문에 양웅 / 楊雄의 시대에도
당연히 그러했다. 이 밖에 더욱 주요한 것은 양웅 / 楊雄의 이런
견해에는 이전에는 찾아볼 수 없었던 주요한 미학적 관점이 포함
되어 있다는 것이다.

양웅 / 楊雄의 '심화 / 心畵', '심성 / 心聲'에 대한 견해는 아주
명확하게 문예창조와 문예가의 주관적인 사상, 감정과의 관계를
지적하여 중국고대미학이 문예를 사람에게 내재된 사상, 감정의
표현으로 간주했다는 근본적인 관점을 드러내 주고 있을 뿐만 아
니라 이를 더욱 풍부하게 발전시키고 있다는 것이다.

역사적인 측면에서 볼 때 이러한 관점은 이미 '시언지 / 詩言志'
라는 매우 오래된 명제 중에 내포되어 있고 그 후 『악기 / 樂記』
에서 '무릇 소리의 발생은 사람의 마음으로 말미암아 생겨난다.'
는 견해를 내놓음으로써 명확하게 예술창조를 사람의 마음과 연
관시키고 있다.

---

217) 본문의 제Ⅱ장 "人本主義와 漢字"에서 이미 漢字가 가지는 '人本主義思想'에 대하
   여 논의하였다. 魯迅의 말은 漢字의 象形性을 말한 것으로 初期의 의미이다.

양웅 / 楊雄이 사람은 천지에 전심 / 專心해야만 비로소 천지를 알 수 있다고 생각했고 군자의 말은 꼭 증거가 있어야 하며 증거가 없으면서 말하는 것을 반대하는 것을 볼 때 그에게는 틀림없이 유물적인 경향이 내재되어 있다고 생각한다. 그러나 다른 한편으로 양웅 / 楊雄은 성인 / 聖人의 말로써 시비를 판정하는 최후의 표준으로 삼을 것을 주장했는데 이것은 확실히 유심적 / 唯心的인 것이라고 할 수 있다.

말은 심성 / 心聲이 되고 글씨는 심화 / 心畵가 된다는 견해와 관련하여 양웅 / 楊雄은 소리를 형상으로 나타내 군자, 소인을 구분한다는 견해를 내놓았다. 선진시대 / 先秦時代의 '시언지 / 詩言志'라는 오래된 명제와 맹자의 '이의도지 / 以意道志', '지인논세 / 知人論世(作家의 사람 됨됨이, 시대배경을 아는 것)'와 『악기 / 樂記』중의 일부 단락, 『역경 / 易經』에서 논한 소인의 말과 군자의 말의 구분, 굴원 / 屈原의 '내미 / 內美'를 표현하여 그 특징으로 삼는 미학경향 등은 모두 예술작품과 예술가의 인격을 밀접하게 연관되어 있는 사상을 포함하고 있다."218) 이렇게 볼 때 양웅 / 楊雄의 '심성 / 心聲', '심화 / 心畵' 설은 우연한 것이 아니라 유구한 역사적인 배경을 지니고 있음을 알 수 있다.

양웅 / 楊雄은 "미는 반드시 '법칙'에 부합되어야 하고 '정의'에 부합되어야 하며 '법도'에 부합되어야 하는 것으로 바로 성인 / 聖人의 도에 부합하여 미와 선은 반드시 통일되어야 한다."고 보았다. 하지만 여기서 주의하여야 할 점은 "양웅 / 楊雄은 비록 미의

---

218) 李澤厚·劉綱紀 / 權德周·由智超·金勝心, 上揭書, pp.663－664.

작용에 대하여 유가의 좁은 관점을 내포하고 있기는 했지만 미가
가진 직접적이고 실용·공리적인 가치를 편협하게 요구하거나 예
술을 단순한 권선징악의 도구로 간주하지는 않았다는 것이다. 그
가 강조한 바는 미가 사람의 사상, 감정에 대한 도야/陶冶 작용
을 하여 미는 마땅히 사람을 선으로 향하도록 이끌고 사람으로
하여금 선으로부터 화락하게 즐기게 한다고 본 것이다.[219]

양웅/楊雄의 심성심화/心聲心畵에 관한 견해는 예술과 개체,
인격이 불가분의 관계에 있다는 측면을 강조한 것인데 그 주장은
후세에 발표된 '서여기인/書如其人'과도 같은 견해의 주요 근원
으로 되었다.

---

219) 李澤厚·劉綱紀 / 權德周·由智超·金勝心, 上揭書, p.646.

徐權－06'

2) '심화 / 심화'가 후세에 끼친 영향

(1) 유공권 / 柳公權의 '심정즉필정 / 心正則筆正'

마음과 용필 / 用筆의 관계를 한마디로 정리한 서법가로는 당나라
의 유공권 / 柳公權을 빼놓을 수 없다. 그는 다음과 같이 말하였다.

> 용필 / 用筆은 마음에 달렸으니 마음이 바르면 붓이 바르게 된다
> 고 함은 법이라 할 수 있다.[220]

이는 부패한 황제에게 간언한 말로써 후세 사람들은 '필간'이라
고 하기도 한다. "사실상 이 말은 서법본질에 대한 인식으로써
'심 / 心'과 '필 / 筆'의 관계를 강조한 것이다. 이에 대해 소동파 /
蘇東坡는 「제당육가서후 / 題唐六家書後」에서 심정 / 心正하다고 한
것은 단순히 풍자하여 간한 것이 아니라 이치가 확실히 그러한
것이다."라고 하였다. 양웅 / 楊雄의 '심화 / 心畵'와 유공권 / 柳公
權의 '심정즉필정 / 心正則筆正'은 서법의 이치를 말한 것도 있지
만 서법과 유가심미사상의 윤리적인 측면이 많이 내포되어 있다.
그리하여 "이 말은 훗날 윤리학적인 해석으로 번지면서 많은 사
람들이 인용하고 확충하여 쓰인다."고 하는 것이다.[221]

(2) 항목 / 項穆의 '서자 / 書者, 심야 / 心也'

명 / 明나라의 항목 / 項穆은 유공권 / 柳公權의 "심정즉필정 / 心正
則筆正"이라는 말을 이렇게 바꿔서 말하였다.

---

220) 唐, 柳公權, 『書小史』, "用筆在心, 心正則筆正, 乃可爲法."; 吳明南, 『書論精髓』,
　　　(美術文化院, 2003. 12), p.20.
221) 吳明南, 上揭書, 같은 쪽.

유공권 / 柳公權이 마음이 바르면 붓이 바르다고 하였지만 나는
사람이 바르면 서 / 書가 바르다고 말한다.222)

이것은 바른 사람이면 글씨도 바르게 쓴다는 말로써 항목 / 項穆
은 그 이유를 아래와 같이 펼치고 있다.

마음은 사람에게 있어서 통수 / 統帥이다. 마음이 바르면 사람이 바
르다. 붓은 서 / 書에 쓰인다. 붓이 바르면 서 / 書가 바르다. 사람은
마음에 따라 바르게 되고 서 / 書는 붓에 따라 바르게 된다. ……
경괘 / 經卦는 모두 심화 / 心畵이다. 서법은 마음을 전함이다.223)

항목 / 項穆의 이 말은 유공권 / 柳公權의 '심정 / 心正' 설과 양
웅 / 楊雄의 '심화 / 心畵' 설을 그대로 운용한 것인데 그는 한 걸
음 더 나아가 다음과 같이 말하였다.

서 / 書를 일컬어 산 / 散 · 서 / 舒 · 의 / 意 · 여 / 如라고 한다. 서 /
書는 심 / 心이다. 글자는 비록 상 / 象이 있지만 그 묘 / 妙는 무위
/ 無爲에서 나온다. 마음은 비록 무형 / 無形이지만 그 마음을 쓰
고 어디에 따르는가 하는 데는 기본이 있다. 처음에는 조리 / 條理
를 배우는 것이니 반드시 구체적으로 해야 할 일이 있는바 상 /
象으로부터 의 / 意를 구해야 한다. 최종에 가서는 통합하여 터득
하는 것이니 구체적인 일이 아니고 득의 / 得意한 후에는 상 / 象을
잊어야 한다.224)

---

222) 項穆, 『書法雅言 · 書統』, "柳公權曰: 心正則筆正, 余則曰, 人正則書正.", 吳明南,
上揭書, 같은 쪽.
223) 項穆, 『書法雅言 · 書統』, "心爲人之帥, 心正則人正矣. 筆爲書之充, 筆正則書正矣. 人
由心正, 書由筆正. ……夫經卦皆心畵也. 書法乃傳心也." 吳明南, 上揭書, p.21.
224) 項穆, 『書法雅言』 · 神化: "書之爲言散也, 舒也, 意也, 如也. ……書者, 心也. 字
雖有象, 妙出無爲; 心雖無形, 用從有主, 初學調理, 必有所事, 因象而求意; 終及
通會, 行所無事, 得意而忘象."; 吳明南 上揭書, p.21.

항목 / 項穆은 선인들의 서론 / 書論들을 정리하여 자기의 이론으로 만들어 내었는데 유가와 도가의 유기적인 결합이라고도 할 수 있다. 항목 / 項穆이 말하는 "처음에는 조리를 배운다."는 것은 손과정 / 孫過庭(648～703)이 『서보 / 書譜』에서 언급한 "초학분포 / 初學分布, 단구평정 / 但求平正"과 다름이 없고; "득의망형 / 得意忘象"은 『주역 / 周易』과 왕필 / 王弼(226～249)이 말한 "성인입상이진의 / 聖人立像以盡意"나 장자 / 莊子의 "득의이망형 / 得意而忘象"과도 다름이 없다. 그리고 항목 / 項穆이 말하는 '무위 / 無爲'는 도가적인 '무위'와도 다름이 없으며 손과정 / 孫過庭의 "복귀평정 / 復歸平正, 인서구로 / 人書俱老"와도 다름이 없다.

일찍 원 / 元나라의 기경 / 祈經도 『릉천집 / 陵川集』에서 '심정즉필정 / 心正則筆正'을 논한 적이 있다. 그는 다음과 같이 말했다.

> 서법은 곧 심법이다. 때문에 유공권이 "마음이 바르면 필 / 筆이 바르다."고 말했듯이 비록 일시의 풍간이라 하더라도 역시 서법의 기본이 되는 것이다. 만약 그 인품이 저속하다면 기울게 썼다, 예쁘게 썼다, 온갖 기교를 다 부려도 그 마음속에 숨어 있는 것은 가릴 수 없어 속 안에 있는 것은 밖으로 그 모양이 드러나게 마련이다.225)

이렇게 서법가의 人品과 서법작품의 품격을 동등시한 것은 예술가들로 하여금 自己에게 엄격히 요구하고 부단히 마음가짐을 바르게 하여 사회의 화락한 발전을 위하여 한몫을 하여야 한다는

---

225) 元·祈經, "書法卽心法也. 故柳公權謂'心正則筆正, 雖一時諷諫, 亦書法之本也. 苟其人品凡下, 頗斜側媚, 縱其書工, 其心中蘊藏者亦不能揜有諸內者, 必形諸外也."; 吳明南, 上揭書, p.23.

것이다. 역사상 예술가들에게 미학적인 요구만 제출한 것이 아니
라 윤리적인 요구를 함께 제출한 것은 중화민족의 우량한 전통이
기도 하며 가치관의 중요한 표현이기도 하다.

　때문에 항목 / 項穆은 유공권 / 柳公權의 '심정즉필정 / 心正則筆
正'으로부터 "인정즉서정 / 人正則書正."226)라는 말을 유도하여 내
었으며 항목 / 項穆은 유가심미사상으로 서법의 본질을 탐구하였는
바 심 / 心과 서법의 관계를 천명할 때 "마음은 사람에게 있어서
통수이다. 마음이 바르면 사람이 바르다. 붓은 서 / 書에 쓰인다.
붓이 바르면 서 / 書가 바르다. 사람은 마음에 따라 바르게 되고
서 / 書는 붓에 따라 바르게 된다. 경괘는 모두 심화 / 心畵이다. 서
법은 마음을 전함이다."라고 하였던 것이다.

---

226) 項穆, 『書法雅言』·書統: "柳公權曰: 心正則筆正, 余則曰: 人正則筆正."

權－08'

(3) 유희재 / 劉熙載의 '서여기인 / 書如其人'

양웅 / 楊雄의 '심화 / 心畫', 유공권 / 柳公權의 '심정즉필정 / 心正則筆正' 설은 후세에 막대한 영향을 끼쳤는데 '서여기인 / 書如其人'이 바로 그 대표적인 예이다. '서여기인 / 書如其人'이란 글씨와 사람을 절대 불가분의 관계로 인식을 하는 '유가의 편견'을 극대화한 현상이라고 볼 수 있다.

송 / 宋나라의 대문호 / 大文豪 소식 / 蘇軾은 다음과 같이 양웅 / 楊雄의 말을 이해하였다.

> 사람의 모양에 잘생기고 못생긴 것이 있는 것처럼 군자와 小人의 자태는 숨길 수 없다. 말을 함에도 눌변 / 訥辯이 있는 것처럼 군자와 소인의 기운은 속일 수 없는 것이다. 글씨에도 잘 쓰는 것과 서툰 것이 있으니 군자와 소인의 마음은 속일 수 없는 것이다. 여기서 보면 소식 / 蘇軾은 군자와 소인이라는 도덕적인 표준으로 서예창작과 감상을 평하는 중요한 요소로 보고 있다. 만약 인품이 좋지 못하다면 그 사람이 쓴 글씨도 또한 낮다는 평가를 하고 있다. 송대 / 宋代에 '서여기인 / 書如其人' 사상은 크게 유행하여 서예에 있어 인품은 서예를 판단하는 중요한 기준이 되었고 서예미학에 상당한 영향을 주어 이 시대의 중요한 사조를 이루었으며 명대 / 明代 항목 / 項穆에 이르러 절정에 달하였다.227)

양웅 / 楊雄의 '심화 / 心聲·심성 / 心畫' 설을 제일 잘 계승한 사람은 당연히 청나라의 유희재 / 劉熙載(1813－1881年)이다. 그는 저서 『예개 / 藝槪』에서 다음과 같이 말하였다.

---

227) 宋民 著 / 곽노봉 역 『中國書法美學』, (동문선 1998), p.126. 崔暎敏, 項穆의 『書法雅言研究』, (성균관대학교유학대학원 2001), p.130.

> 서 / 書라는 것은 심학 / 心學이다. 사자 / 寫字(xiezi)라고 하는 것은
> 곧 사지 / 寫志(xiezhi)이다.228)

이 말은 두 가지 뜻이 있다. 첫째로 음운 / 音韻을 볼 때 한어에
서 사자 / 寫字(字: 疾置切; 疾二切, 口音自[zi])와 사지 / 寫志(志:
職吏切; 支義切, 口音錢[zhi])는 서로 같은 것이다. 즉 중국어에서
자 / 字와 지 / 志의 발음이 같아서 사자 / 寫字와 사지 / 寫志는 별
로 구별이 가지 않는 서로 가차되어 쓰일 수 있다. 둘째는 서 / 書
가 '심학 / 心學'이기 때문에 글씨를 쓴다는 것(寫字)은 곧 작가의
뜻(志)을 쓰는 것과 같다는 것이다. 이것 역시 '시언지 / 詩言志'의
계승이요, '심성心聲 · 심화 / 心畵'의 발전인 것이다. 이어서 유희
재 / 劉熙載는 이렇게 말했다.

> 서 / 書는 같다는 뜻이다. 그대로 반영하는 것이다. 그 사람의 배
> 움을 그대로 반영하고 그 사람의 타고난 재능을 그대로 반영하고
> 그 사람의 성정을 그대로 반영하는 것이다. 결론지어 말한다면 서
> / 書는 그 사람의 모든 것을 그대로 반영하는 것일 따름이다(如其
> 人而已).229)

"유희재 / 劉熙載의 이 말은 서예와 사람을 직접적으로 연결시
킨 것으로써 송대에 크게 성했던 '서여기인론 / 書象其人論'이나
'논서급인논 / 論書及人論'을 종합한 결과로 나온 서론 / 書論이라
고 할 수 있다."230)

---

228) 淸. 劉熙載, 『藝槪』: "故書也者, 心學也; 寫字者, 寫志也."
229) 「書法, 書道, 書藝, 어떤 명칭을 사용할 것인가」, 『書藝學硏究』, (韓國書藝學會, 제
    호 2006. 3), p.13.
230) 김병기, 상기 논문 p.13.

유희재 / 劉熙載의 "서 / 書는 여기인 / 如其人"라는 말은 '사지 / 寫志' 설을 보다 더 발전시킨 결론적인 말로써 역대로 내려오던 서법품평의 기준을 명확히 규정짓는 작용을 하였다. 하지만 이것은 서 / 書는 곧 사람과 같으므로 "소인과 군자를 구분한다."는 유가사상의 한계를 극대화함으로써 문학예술을 창작하는 작가에게 미적 요구뿐만 아니라 윤리적 요구도 동시에 제출하는 가혹하면서도 합리적인 것처럼 보이는 이론이기도 하다.

합리성이라는 것은 유가의 '미적 표준'에 부합하는 것으로써 작가는 반드시 고상한 인격을 소유하여야 한다는 이상적인 경지를 말하는 것이라고 볼 수 있다. 하지만 현실생활에서 이러한 '표준'에 부합되는 사람은 전설 속에 나오는 신선이나 성인 / 聖人밖에 없다. 다시 말하면 '서여기인 / 書如其人'은 글씨를 쓰는 사람마다 반드시 성인 / 聖人이 되어야 한다는 이상적인 합리성을 주장하고 있는 것이다.

徐權 − 05'

2. 서품과 인품의 관계

유가심미사상의 의미에서 보는 서법은 '심/心'과 긴밀한 연관을 가지기 때문에 인품은 곧 서품/書品과 직결되는 것이다. 붓만을 주요 서사도구로 사용하던 "옛사람들은 모두 서법을 잘했지만 유독 그들 중의 현자/賢者만이 오래 전해졌다."231)

객관적 측면에서 볼 때 예로부터 전해 내려온 묵적/墨跡들은 그 가치를 따져 보면 대개 두 개의 부류로 나뉠 수 있는데 하나는 윤리학, 학문적인 가치이고 다른 하나는 예술적인 심미가치이다. 이 두 개의 부동한 가치를 둘 다 지니고 있는 작품들이 있는데 그것이 제일 이상적인 것이라고 말할 수 있다. "예를 들면 안진경/顔眞卿의 도덕품성과 역사적인 공헌은 천고에 길이 빛나고 있으며 소동파/蘇東坡의 문장은 청사/靑史에 길이 남아 세세대대로 보존되어 오고 있다. 아울러 그들의 서법작품도 지극히 높은 심미가치를 지니고 있어 그 자체가 아주 진귀한 예술품이다."232)

소식/蘇軾이 이렇게 훌륭한 사람으로 된 데는 그의 마음속에 항시 안진경/顔眞卿과 같은 숭배대상이 있었기 때문이다. 그는 안진경/顔眞卿의 서법을 평하여 다음과 같이 말하였다.

> 그의 서법을 보면 그 위인이 어떤가를 알게 된다. 군자와 소인을 필연코 서법으로 보아낼 수 있다는 것은 거의 그렇지 않는 걸로 보인다. 용모로 사람을 고른다는 것은 그르다고 생각되는데 하물

---

231) 吳明南, 上揭書, p.745.
232) 金學智, 上揭書, p.260, "如顔眞卿以道德, 事功不朽于千古, 蘇軾文章名垂于靑史. 而他們的作品又有極高的審美價値, 本身是珍貴的藝術品"

며 서법은 그렇지 않겠는가? 내가 안공 / 顔公의 서법을 보며 그의 풍채를 생각해 보지 않은 적이 없는데 공연히 그의 위인이 어떤가 를 얻으려는 것이 아니지만 늠름하여 마치 노기 / 盧杞를 꾸짖고 희 열 / 希烈을 질책하는 것을 보는 것 같은 것은 무엇 때문인가? 그 도리는 한비 / 韓非가 도끼를 도둑맞은 이야기와 별다름이 없다. 그 러나 사람들의 서화 / 書畵는 공졸 / 工拙한 것 외에도 여러 가지에 흥취가 있어 역시 그의 위인이 사정 / 邪正의 대략을 볼 수 있는 것 이다.233)

소동파 / 蘇東坡가 말하는 노기 / 盧杞와 희열 / 希烈은 모두 당나 라의 간신들이었는데 노기 / 盧杞는 위인이 음험하여 권술을 가지 고 음모를 꾸며 조정의 충신을 함해하였다.

이희열 / 李希烈은 당초 / 唐初의 무장 / 武將이었는데 후에 조정 을 배반하였다. 안진경 / 顔眞卿은 일찍 조정에서 노기 / 盧杞의 음 모를 견책 / 譴責하여 꾸짖은 적이 있다. 이에 악심을 품은 노기 / 盧杞는 그 당시 75세의 고령인 안진경 / 顔眞卿을 파견하여 희열 / 希烈의 귀순을 권고하게 하였다. 안진경 / 顔眞卿은 길한 일이 없 으리라는 것도 알고 있으면서도 국사를 중히 여겨 의연이 나갔었 다. 이희열 / 李希烈은 그의 권고도 듣지 않고 도리어 위협과 유혹 을 가하였다. 안진경 / 顔眞卿은 큰소리로 질책하며 견정불굴하게 싸우다가 끝내는 살해되었다.234) 소동파 / 蘇東坡는 당사 / 唐史를 훤히 꿰뚫고 있었기에 안진경 / 顔眞卿의 이런 충절을 잘 알고 있

---

233) 蘇軾, 『題魯公帖』: "觀其書, 有以得其爲人; 則君子小人必見於書, 是殆不然. 以貌 取人, 且猶不可, 而況書乎? 吾觀顔公書, 未嘗不想其風采, 非徒得其爲人而已. 凜 乎若見其詬盧杞而叱希烈　何也?　其理與韓非竊釜之說無異.　然人之字畫工拙之外, 蓋皆有趣, 亦有以見其爲人邪正之粗."; 吳明南, 上揭書, p.747.
234) 吳明南, 上揭書, p.747.

었으며 또한 안진경 / 顔眞卿의 준엄하고 관후 / 寬厚한 서풍을 흠모하여 심모수추 / 心模手追하였던 것이다.

그리하여 소동파 / 蘇東坡는 서법비평에 대하여 이렇게 말하고 있다. "옛 논서가 / 論書家들은 작가의 평생에 대해서 겸론하였다. 그 사람이 아니면 비록 수준이 높다고 하여도 높이 보지 않는다."235)

상기 소동파 / 蘇東坡의 '인품'과 '서품 / 書品'에 관한 견해를 분석해 보면 아래와 같다.

"그의 원래의 주장은 '서 / 書는 공졸 / 工拙함이 있고 사람은 군자와 소인이 있는데 군자가 되려고 해서 군자가 되는 것이 아니고 소인으로 되려고 해서 소인이 된 것은 아니다.'는 뜻이었지만 후에 와서는 '군자와 소인을 서법작품을 통해서 보아낼 수 있다는 말은 정확하지 않다.'라고 인식하였고 오직 '그 위인의 사정 / 邪正의 대략을 볼 수 있다.'는 데 두었다. 한 개 방면에서는 서가 / 書家의 인품, 기개가 서법작품의 예술풍격과 여러 가지 연계를 갖고 있으며 다른 한 방면에서는 양자가 필연코 일치하지 않다는 것을 승인하였다."236) 안진경 / 顔眞卿에 대한 칭찬은 역대로 내려오면서 끊이지 않았다고 할 수 있다.

주문장 / 朱長文(1041 − 1100)은 안진경 / 顔眞卿의 인품과 서품에 대해 아래와 같이 칭찬하였다.

노공 / 魯公은 충직한 신하라고 가히 말할 수 있다. 그가 붓 끝에서 방출한 것은 강의하고 웅장하며 체제가 엄숙하고 법이 구비되

---

235) 吳明南, 上揭書. p.746.
236) 吳明南, 上揭書. p.748.

었다. 마치 충신의사와 같이 조정에 서 있는 것 같은 대절 / 大節
에 임한 모습은 앗을 수 없었다. 양자 / 楊子가 서 / 書는 심화 / 心
畵라고 하였는데 그야말로 노공 / 魯公에게 알맞은 말이다.237)

부산 / 傅山(1607 – 1684)은 『상홍감집 / 霜紅龕集』에서 다음과 같
이 안진경 / 顔眞卿의 인품과 서품에 대하여 말하였다.

> 글자를 쓰려면 먼저 사람이 되어야 하고 사람이 기이하면 글자가
> 따라서 고아 / 古雅해진다. 성현은 지론 / 至論이 있는바 필력에만
> 연연하지 않는다. 노공 / 魯公의 서법을 먼저 배우지 않고 먼저 노
> 공 / 魯公의 고언고의 / 古言古義를 보게 되니 평원의 기 / 氣가 가
> 슴 속에 있어 붓이 힘 있어 호로 / 胡虜를 삼킬 듯한 기개는 넉넉
> 히 가졌었다.238)

이러한 서법비평은 모두 '심화 / 心畵', '심정즉필정 / 心正則筆正',
'서여기인 / 書如其人'과 같은 서품과 인품을 서로 불가분의 관계에
놓고 예술과 윤리를 상입상즉 / 相入相卽의 이치로 본 결과이다. 그
리하여 세세대대로 수많은 서법을 배우는 학도뿐만 아니라 보통인
들도 "강의하고 웅장하며 체제가 엄숙하고 法이 구비"된 안진경 /
顔眞卿의 서품과 그의 충절을 인품의 극치로 높이 받들게 되었다.

---

237) 朱長文, 『續書斷』, "魯公加謂忠烈之臣也, 其發於筆翰, 則剛毅雄特, 體嚴法備, 如
忠臣義士, 正色立朝臨大節而不可奪也. 楊子雲以書爲心畵於魯公信矣."; 吳明南,
上揭書, p.748.
238) 傅山, 『霜紅龕集』, "作字先作人, 人奇字自古. 識懸有至論, 筆力不專主. 未習魯公
書, 先觀魯公誥, 平原氣在中, 毛穎足吞虜."

顔眞卿 – 東方朔

3. 『서법아언 / 書法雅言』

"유가심미사상의 입장에서서 비교적 완정한 미학계통을 제공한 사람은 명 / 明나라 말기의 항목 / 項穆뿐이다."[239] 항목 / 項穆은 명대 만력년간 / 萬曆年間(1573~1630)의 서법가이며 자는 덕순 / 德純, 호는 정원 / 貞元 또는 무칭자 / 無稱子라고 불렀다. 지금의 중국 절강성 / 浙江省 가흥 / 嘉興 사람으로 관직은 중서 / 中書를 지냈다. 그는 평생을 서법 연구에 힘쓰면서 서성 / 書聖 왕희지 / 王羲之를 마음으로 사모하고 본받으려 노력했다.[240]

그의 저서 『서법아언 / 書法雅言』을 통하여 유가의 서법에 대한 투철한 심미사상을 천명하였다. 『서법아언 / 書法雅言』은 모두 18편으로 이루어졌는데 「서통 / 書統」, 「고금 / 古今」, 「변체 / 變體」, 「형질 / 形質」, 「품격 / 品格」, 「자학 / 資學」, 「부평 / 附評」, 「규격 / 規格」, 「상변 / 常變」, 「정기 / 正奇」, 「중화 / 中和」, 「노소 / 老少」, 「신화 / 神化」, 「심상 / 心相」, 「취사 / 取舍」, 「공서 / 攻序」, 「기용 / 器用」, 「지식 / 知識」으로 정연하게 체계화된 서법이론서이다. 그 중에서 인품과 서품을 결부하여 취한 서법비평은 가히 유가의 정통을 이어받은 대표적인 사고방식이라고 말할 수 있다.

맨 처음 항목 / 項穆은 한자의 형이상학적인 의의를 논술하였는데 시작은 허신 / 許慎의 『설문 / 說文·서 / 序』와 비슷한 점이 많지만 『서법아언 / 書法雅言』이란 제목에 걸맞게 항목 / 項穆은 완

---

239) 熊秉明, 上揭書, p.112. "站在儒家思想的立場討論書法, 而提供了一套相當完整的美學系統的莫過于明末的項穆."
240) 明 沈思考는 『陸沈漫稿』에서 다음과 같이 項穆을 評價하였다: "德純은 晉나라와 唐나라 名家의 書法을 따라 배웠는데 王羲之를 마음으로 思慕하고 손으로 따랐다."

전히 서법만을 논하였다는 것이 특징이다.

천하에 문자가 나타난 것은 하룡마부도 / 河龍馬負圖, 낙귀정서 /
洛龜呈書241)을 시작으로 한다. 복희 / 伏羲가 팔괘 / 八卦를 그렸고
문왕 / 文王242)이 육효 / 六爻를 열거하였으니 이것이 바로 성왕 /
聖王이 문자를 창시하였다는 것이다. 이른바 용봉귀린 / 龍鳳龜麟
이란 名目이나 혹은 수운과두서 / 穗雲科斗書243)의 뒤를 이어 전
서 / 篆書와 주서 / 籀書가 있었으며 또 고예 / 古隷가 그 뒤를 이어
흥했으니 시대에 따라 흥성한 서체도 다양한바 여기에서 상세히
논하지는 않겠다. 다만 오늘에 이르기까지 지속되어 전해 내려오
고 있는 것은 전예 / 篆隷뿐이다.
주 / 周나라와 춘추전국시대 / 春秋戰國時代 그리고 진 / 秦나라를
거쳐 한 / 漢에서 晉에 이르기까지 진서 / 眞書와 행서 / 行書가 상
호보완하면서 발전을 하여 왔으며 때에 맞추어 장초 / 章草가 탄
생하였는데 이런 문자의 정화 / 精華들은 전해질 대로 전해져 더
전할 것이 없는 듯하다. 하지만 서법작품은 이와 다르다. 제왕들
의 경륜,244) 성현들의 학술, 심지어 현문내전 / 玄文內典,245) 백가
구류 / 百家九流,246) 시가 / 詩歌의 권징 / 勸懲, 비명 / 碑銘의 훈계
와 같은 것은 어찌 문자를 떠나서 그 문구를 기록할 수 있겠는

---

241) 河龍馬負圖, 洛龜呈書: 복희씨 시절에 龍馬가 황하에서 출몰하였는 데 말 등에 털은
　　　하늘의 별처럼 굽이치는 모양을 하고 있었는데 사람들은 龍圖라고 이름 지었다. 복희
　　　는 그 모양을 본떠 팔괘를 만들었으며 그로부터 여러 법들이 생성되었다. 夏禹가 물
　　　을 다스릴 때 神龜가 洛水에서 출몰하는 것을 보았는데 그 갈라터진 등의 모양은 문
　　　자 모양이었으니 夏禹가 그 것을 본떠 「尙書·洪範」의 '九疇'를 지었던 것이다.
242) 문왕: 주나라의 文王이다.
243) 龍鳳龜麟: 옛적에 서체를 龍書, 龍篆, 鳳書, 龜篆, 麒麟書 등등으로 나누었는데 모
　　　두 상형문자이다. 穗雲科斗書: 穗書, 八穗書, 蝌蚪書 등이 있는데 역시 상형문자의
　　　일종이다.
244) 經綸: 나라의 대사를 기록한 문장을 말한다.
245) 玄文: 天書라고도 일컫는데 신선들이 쓴 문자라고 전해진다. 무릇 오묘한 글자들을
　　　뜻하는 말이다. 內典: 불교도들의 불경을 內典이라고 부른다.
246) 百家: 여기에서는 諸子百家를 뜻하는 말이다. 九流: 선진시대의 아홉 가지 학술유파
　　　를 이르는 말이다. 즉儒, 道, 陰, 陽, 法, 名, 墨, 縱橫, 雜, 農 등 아홉 가지이다. 지
　　　금에 이르러서는 여러 학술유파를 이르는 말로 되었다.

가? 그리하여 서법의 그 공은 하늘과 땅과 같고 교경 / 敎經을 호
위하는 노릇을 하게 되었던 것이다.247)

"복羲가 팔괘를 그렸다."에서 "복희씨가 그렸다는 팔괘는 바로
형상이며 또한 추상이고 이것은 철학의 기초가 되었고 또한 서예
의 기초가 되었다는 것이다."248) 항목 / 項穆은 서법의 공을 높이
칭송한 다음 "서법을 바르게 하는 것이 사람의 마음을 바르게 할
수 있는 것이라면 사람을 바르게 하는 것 또한 성도 / 聖道를 굳
게 지키는 길인 것이다."249)라고 하였다. 항목 / 項穆이 말하는 성
도 / 聖道라는 것은 한 / 漢나라 말기의 조일 / 趙壹의 『비초서 / 非
草書』에서 나오는 말을 인용한 것으로써 소위, 유가의 '도'를 지
칭하는 것이다.250) 항목 / 項穆은 서법을 통하여 사람의 마음을 바
르게 할 수 있으며 '성도 / 聖道'를 여는 수단이라고 주장하였다.
유가의 입장에서 보는 서법의 공능은 경적 / 經籍과 그 공을 같이
한다. 때문에 서법은 일종 매우 엄숙한 활동이며 서법의 미는 곧
사람의 품격미 / 品格美와 같은 것이다. 그리하여 『서법아언 / 書法
雅言·지식 / 知識』에서 말하기를 "논서 / 論書 할 때는 논상 / 論相
을 하듯이 하여야 하며 관서 / 觀書는 관인 / 觀人하듯이 하여야 한

---

247) 項穆, 『書法雅言』, 「書統」, "河馬負圖, 洛龜呈書, 此天地開文字也. 羲畫八卦, 文
　　 列六爻, 此聖王啓文字也. 若乃龍鳳龜麟之名, 穗雲科鬥之號, 篆籀嗣作, 古隷爰興,
　　 時易代新不可殫述, 信後傳今篆隷焉. 爾歷周及秦, 自漢逮晉, 眞行迭起, 章草浸孳,
　　 文字菁華, 敷宣盡矣. 然書之作也, 帝王之經綸, 聖賢之學(術, 至於玄文, 內典, 百
　　 氏, 九流, 詩歌之勸懲, 碑銘之訓戒, 不由斯字, 何以紀辭? 故書之爲功, 同流天地,
　　 翼衛敎經者也."; 潘運告, 『明代書論』, (湖南美術出版社, 2002. 11).
248) 崔暎敏, 上揭論文, p.12.
249) 項穆, 上揭書, "正書法所以正人心也. 正人心以閑聖道也.", 潘運告, 上揭書.
250) 趙壹, 『非草書』, "夫草書之興也, 其于近古乎…… 示簡易之指, 非聖人之業也." 熊
　　 秉明, 上揭書, p.115.

다."251)고 하였다. 그리하여 그는 실제로 어떻게 서법작품을 감상할 것인가를 아래와 같이 논술하였다.

> 사람들이 필적을 평하고 감상할 때 이감 / 耳鑑, 목감 / 目鑑, 심감 / 心鑑 중 어느 하나만을 가지고 감상하는 것은 잘못된 것이다. 글씨를 감상하고 평론하는 비결은 따뜻하면서도 힘쓰고, 위엄이 있으면서도 사납지 아니하고 공손하면서도 편안한 중용적 기질을 가지고 사람을 보고 글씨를 감상하는 것에 있다.252)

> 유공권 / 柳公權이 말하기를 "심정즉필정 / 心正則筆正"이라고 하였는데 오늘날 내가 말하건대 인정즉필정 / 人正則書正이다. 사람은 바른 마음을 본받는 것이요, 서법은 바른 필 / 筆을 본받는 것인데 이것은 곧 『시 / 詩』에서 말하는 "사무사 / 思無邪"요, 『예 / 禮』에서 말하는 "무불경 / 毋不敬"과도 같은 것이다.253)

상기 말을 살펴보면 항목 / 項穆은 『대학』, 『중용』의 "사무사 / 思無邪"와 "무불경 / 毋不敬"과 같은 말을 인용하여 "사무사 / 思無邪"와 "무불경 / 毋不敬"과 같은 정신상태를 배양하고 마음을 바르게 하여야 한다는 주장을 펼쳤다. 마음만 바르고 사람만 바르다면 그의 서법은 당연히 바르게 되는 것이라는 뜻이다. 마음을 바르게 하는 것이 우선 해결하여야 하는 문제이고 그 나머지 용필 / 用筆, 결구 / 結構 등과 같은 서법의 기타 요소들은 모두 마음을 바르게 한 뒤에 할 일이라고 그는 주장한다.254)

---

251) 項穆, 『書法雅言 · 知識』, "故論書如論相, 觀書如觀人.", 潘運告, 上揭書.
252) 崔暎敏, 上揭論文, pp.18 – 19.
253) 穆項, 『書法雅言』· 心相, "柳公權曰, '心正則筆正', 余今曰, 人正則書正. 人由心正, 書由筆正, 卽『詩』云'思無邪', 『禮』曰'毋不敬'; 潘運告, 上揭書.
254) 熊秉明, 上揭書, p.122. "'正心'之外還有別的問題嗎 沒有了. 執筆運筆, 結構 是不是問題呢 ……他認爲這些是'心正'之後的次要的事了."

그렇다면 마음이 바르고 정직한 사람이면 반드시 다 글씨를 바르게 쓸 수 있다는 말일까? 항목/項穆의 이론에 따르면 당연히 그러한 것이다. 하지만 우리가 이해하는 '바르다'는 글씨는 과연 어떠한 것일까? 그 해답은 『서법아언/書法雅言·변체/辯體』에 있다.

항목/項穆의 말을 이해하면 다음과 같다. 교육자는 반드시 교육받는 자들의 판이한 정형에 근거하여 교육을 실시하여야 하며 자습으로 공부를 하려는 자들은 반드시 욕심을 삼가고 엄격히 자기를 요구하여야 한다. 손과정/孫過庭이 말한 이 두 마디의 말을 되새겨 보면 그야말로 사람들로 하여금 싫증을 느끼지 아니하게 하고 피곤함도 잊게 한다. 시간이 지나고 세월이 가며 따라 서로 부동한 사람들에 알맞은 서법을 배우도록 한다면 어찌 중화의 경지에 이르지 못한다고 우려할 수 있겠는가?

여기서 주의하여야 할 점은 항목/項穆이 당/唐나라의 손과정/孫過庭의 말을 빌려서 서법을 배우는 과정에서 자기에게 알맞은 서법을 배운다면 능히 '중화'의 경지에 이를 수 있다고 한 것에 있다.

원래 유가심미사상의 의미에서 말하는 '정서/正書'라는 것은 '심정/心正'을 먼저하고 난 뒤에 '중화'의 경지에 도달하는 것이었다. 이러한 의미에서 본다면 '중화'는 일종 윤리적인 개념인 것과 동시에 미학적인 개념이기도 하다.

'중화'는 『서법아언』에서 중요한 개념으로 자리 잡고 있는데 전문적으로 「중화」라는 장절에서 논의하고 있다. 그는 "「규격/規格」, 「상변/常變」, 「정기/正奇」가 모두 자연스럽게 어울리는 것이 바로 중화임을 말하고 있다. 서법은 마땅히 방원형/方圓形으로 이루어

야 하고 이 가운데 변화를 주고 바르고 기이함이 서로 어울려 중
화가 되면 그것이 곧 아름답고도 선한 경지에 이르는 것이라고 한
다. 중화의 경지에 이른 왕희지/王羲之 서법의 장점을 주로 하여
서 스승을 삼는 것이 중화의 계단을 밟아가는 순서로 보았다.”255)

항목/項穆은 “사람의 성정/性情에 강/剛과 유/柔가 서로 다
르게 주어짐”256)으로써 구근/拘謹, 종일/縱逸, 엄준/嚴峻, 온윤
/溫潤, 장질/庄質, 류려/流麗, 긍지/矜持, 경솔/輕率 등등과
같은 성품이 생겨나게 되며 후천적인 노력으로 개인의 뾰족하게
모난 성격은 죽이고 평형, 화해스러운 성격을 완성하여야 한다고
하였다.257)

이 과정은 손과정/孫過庭이 『서보/書譜』에서 말한 “처음에는
미치지 못한 것 같으나 중간단계에서는 오히려 지나친 것 같으며
나중에는 서로 관통하게 된다. 서로 관통할 때는 비로소 사람과
서법이 노련해질 때이다.”258)라는 이론과 다름이 없다. 사람이나
서법이나 모두 각고의 노력을 거쳐서 ‘중화’의 경지에 이르게 됨
을 시사하고 있는 것이다. 최종적으로 완성하게 되는 풍격은 보건
대 아무런 두드러짐이 없지만 완미한 것이라는 주장이다.

‘중화’가 인격과 서법의 최고 이상적인 경지라고 한다면 “발강
강의/發强剛毅”는 또 다른 이상적인 경지라고 할 수 있다. 항목/
項穆이 『서법아언/書法雅言』을 쓸 때 ‘정통/正統’으로 ‘서성/

---

255) 崔暎敏, 上揭論文, p.16.
256) 項穆, 『書法雅言』. 變體, “夫人之性情, 剛柔殊禀.”; 潘運告, 上揭書, p.195.
257) 熊秉明, 上揭書, p.124.
258) 孫過庭 『書譜』: “初謂未及, 中則過之, 後乃通會; 通會之際, 人書俱老.” 熊秉明,
    上揭書, p.126.

書聖' 왕희지 / 王羲之를 내세웠는가 하면 '강의 / 剛毅'의 대표로 안진경 / 顔眞卿을 내세우기도 하였다. "안진경 / 顔眞卿의 글씨가 강의하고 웅장하며 체재가 엄격하고 법도를 갖추고 있다고 일컬어지는 것은 그의 강직하고 아부를 모르는 인품이 서품 / 書品과 결합한 것이기 때문이다."259)

『서법아언 / 書法雅言·심상 / 心相』에서 항목 / 項穆은 예술성과 도덕성이 하나로 조화된 서법미 / 書法美가 어떤 것인가를 아래와 같이 논술하였다.

저수량 / 褚遂良의 묵직한 필세 / 筆勢와 안진경 / 顔眞卿의 단아하고 후덕함과 유공권 / 柳公權의 장엄한 글씨를 이르면서 오직 서법의 편안하고 준일한 묘미가 적어지기는 했으나 요컨대 그들은 충의를 지키며 강직하고 맑은 사람들이었다고 한다. 대저, 조맹부 / 趙孟頫의 글씨는 온화하고 윤택하며 한가롭고 우아하여 왕희지 / 王羲之의 정통서맥 / 正統書脈을 접하는 것 같으나 연미 / 姸媚하여 유달리 큰 절개와 빼앗을 수 없는 기운이 빠져 있다. 그래서 송 / 宋나라의 후손이면서 원수의 나라인 원 / 元나라의 녹을 달갑게 받은 까닭이다. 그러므로 글씨를 바르게 쓰려면 먼저 붓을 바르게 하여야 하고 그 먼저 마음을 바르게 해야 하는 것이다. 소위 뜻을 정성스럽게 하는 것과 같은 것인데 곧 이러한 마음은 몸을 단정히 하고 정신을 맑게 하여 헛된 두 마음을 품지 말아야 하는 것이다. 깨달음에 이른 자는 곧 이러한 마음으로 그 득실을 살펴 취하고 버림에 총명해야 한다.260)

---

259) 崔暎敏, 上揭論文, p.23.
260) 項穆, 『書法雅言·心相』: "至于褚遂良之遒勁, 顔眞卿之端厚, 柳公權之莊嚴, 雖于書法, 少容夷俊逸之妙要, 皆忠義直亮之人也. 若夫趙孟頫之書, 溫潤閒雅似接右軍正脈之傳, 姸媚纖柔, 殊乏大節不奪之氣. 所以天水之裔, 甘心仇讎之祿也. 故欲正其書者先正其筆, 欲正其筆者先正其心. 若所謂誠意者; 卽以此心端已澄神, 勿虛勿貳也. 致知者; 卽以此心審其得失, 明乎取舍也."

　이 말을 분석하여 보면 저수량 / 褚遂良, 안진경 / 顔眞卿, 유공권 / 柳公權 등 서법가들의 글씨는 속기 / 俗氣가 없고 천성에 의지하여 충절과 고아한 인품을 그대로 반영된 글씨이기에 그들의 글씨가 설령 기능적인 면에서 좋지 않은 점이 있다 하더라도 후세 사람들은 그들의 글씨를 통하여 그 사람을 보려 하는 까닭에 반드시 그들의 글씨를 후덕하게 여기게 되었다는 것이다. 또한 인품이 훌륭하기에 그처럼 훌륭한 글씨가 나왔으며 후세에 오랫동안 남아 있게 되었다는 것이다.

　반면에 조맹부 / 趙孟頫의 글씨는 송 / 宋나라 후예이면서 명대의 벼슬을 했기 때문에 평가절하하여 인품에 대한 평가가 서품에 대한 평가를 덮어 버렸다. 작가의 정치, 사회적 지위에 따라 서품이 결정되었던 것이다.261)

---

261) 崔暎敏, 上揭論文, p.32.

趙孟頫

4. '이신 / 貳臣'의 비평에 대한 재사고

1) 조맹부 / 趙孟頫 서법에 대한 비난

이신 / 貳臣이란 옛 중국에서 나라가 바뀌었지만 여전히 남아서 조정을 위해 일하는 신하를 지칭하는 것인데 간단히 말하면 두 나라 임금을 섬기는 신하를 일컫는 것이다. 유가의 입장에서 보는 이신 / 貳臣은 유가의 어느 윤리조례에도 용납되지 않는 최대의 죄인과도 다름이 없었다. 대서법가인 조맹부 / 趙孟頫와 왕탁 / 王鐸은 이신 / 貳臣이라는 오명을 썼는데 그들의 서법도 찬반 논란이 계속 일고 있다.

중국 4대해서가 / 四大楷書家 중에 유일하게 당나라의 사람이 아닌 원 / 元나라의 조맹부 / 趙孟頫라고 부르는 서법가가 있다. 그들 중 안 / 顔·유 / 柳·구 / 歐는 천하에 미명을 남긴 반면에 조맹부 / 趙孟頫는 '무골 / 無骨'이라는 평판을 받게 되었으며 지금까지도 논란이 계속되고 있다.

"서여기인 / 書如其人" 심미사상은 언제나 '서 / 書'와 '인 / 人'을 같이 품평하는 경향이 있는데 이는 예술과 윤리를 동등시하는 유가미학의 특징이기도 하다. 이런 품평의 기준으로 인한 서예비평의 몽둥이에 원 / 元나라의 저명한 서법가 조맹부 / 趙孟頫가 제일 먼저 매를 맞았다.

조맹부 / 趙孟頫1(254 – 1322)의 자는 자앙 / 子昻이고 호는 송설 / 松雪 혹은 송설도인 / 松雪道人이라 하였다. 호주 / 湖州(지금의 중

국 절강성 오흥)사람인데 송 / 宋 태조 / 太祖 조광윤 / 趙匡胤의 십
일세 손이며 진왕 / 秦王 덕방 / 德芳의 후손이다. 그의 아버지 조
여고 / 趙與告는 관직이 호부시랑 / 戶部侍郎 겸 지임안부절서안무
사 / 知臨安府浙西安撫使에 이르렀으며 시문에 능하였고 풍부한
수장 / 收藏이 있었는바 조맹부 / 趙孟頫에게 어릴 때부터 좋은 문
화적 환경을 마련해 주었다.

그러나 조맹부 / 趙孟頫가 11살 되던 해에 아버지가 돌아가는
바람에 가정형편이 날로 어려워져 점차 어려운 나날을 보내게 되
었다. 송나라가 멸망한 후, 조맹부 / 趙孟頫는 고향으로 돌아가서
한가한 세월을 보내고 있었다. 그러던 중 원 / 元 23년 1286년에
조맹부 / 趙孟頫를 비롯한 십여 명의 재간 있는 청년들은 추천에
의해 원 / 元 세조 / 世祖 후비이레(忽必烈 – hubilie)를 만나게 되었
는데 원세조는 "신선 같은 인물이로다." 하면서 조맹부 / 趙孟頫에
게 높은 대우를 해 주었다고 한다. 처음에 조맹부 / 趙孟頫는 5품
관직인 병부랑중에 있다가 2년 후 4품 관직 집현직학사 / 集賢直
學士가 되었다. 원 29년인 1292년에는 제남로총관부 / 濟南路總管
部의 관직을 맡았는데 원 정원년 / 貞元年(1295년)에 세조가 세상
을 하직하자 『세조실록 / 世祖實錄』을 편찬하기 위하여 조맹부 /
趙孟頫는 경성 / 京城으로 명을 받고 올라갔다.

경성에 올라가 보니 원나라 조정 내부는 모순으로 가득한 것을
알 수 있었다. 그리하여 조맹부 / 趙孟頫는 병을 핑계로 다시 고향
으로 돌아가서 친구들과 '예 / 藝'와 '도 / 道'를 논하고 필묵으로
즐기면서 홀가분한 생활을 누리었다. 4년이 지난 대덕 / 大德 3년
1299년에 조맹부 / 趙孟頫는 다시 집현직학사 / 集賢直學士에 임명

받고 강남 일대에서 우수한 유학자들을 발굴하여 천거하는 일을 하게 되었다. 강남을 떠나지 않고 지방에서 관직생활을 하였기에 오히려 경성에 있는 것보다 더 좋았다. 그리하여 그는 많은 문화계의 인사들과 밀접한 관계를 맺고 그에게 알맞은, 그야말로 신선과 같은 생활을 누리게 되었는데 시서화인 / 詩書畵印 등 전통예술문화에 더욱더 정진을 할 수 있는 기회를 갖게 되었다.

이런 생활은 11년간 지속되다가 지대 / 至大 3년 1310년 황태자 아이위리바리빠달 / 愛育黎拔力八達(aiyulibalibada)이 조맹부 / 趙孟頫에게 큰 관심을 가지게 되면서 결속 짓게 되었다. 그해 황태자는 조맹부 / 趙孟頫를 불러들여 한림사독학사 / 翰林仕讀學士로 모시고 국사의 편찬을 맡게 하였다. 이듬해 황태자가 즉위하니 곧 인종 / 仁宗이다.

인종 / 仁宗은 즉위한 지 얼마 안 되어 조맹부 / 趙孟頫를 이품 벼슬인 집현시강학사 / 集賢侍講學士와 중봉대부 / 中奉大夫에 임명하였다. 연호 / 延祐년 1316년 인종 / 仁宗은 조맹부 / 趙孟頫를 한림학사승지 / 翰林學士承旨, 영록대부 / 榮祿大夫로 임하였는바 이는 일품 관직으로써 그의 생애의 최고봉이라 할 수 있었다. 이렇게 인종 / 仁宗의 총애와 趙孟頫 자신의 총명재질로 인하여 그의 晩年은 "벼슬도 높고 이름도 하늘 아래 가득(官職一品, 名滿天下)"하게 되었다.

조맹부 / 趙孟頫는 역대에서 손꼽히는 '일대서화가 / 一代書畵家'로서 복잡다단한 모순 속에서 살았으며 또한 영화로우면서도 난처한 환경에서 일생을 보냈다. 그 원인인즉, 남송 / 南宋의 유일 / 遺逸262)로서 원나라 조정을 위해 봉사하였다는 것이다.

조맹부 / 趙孟頫는 박학다재한 사람으로서 시와 문장에 능하였고 경제에 밝았으며 서법과 그림에 정통하였다. 금석에 조예가 깊었고 율례에 통하였으며 감상에 능통하였다. 특히 서법과 그림에서 그 성취가 대단하였는바, 원나라 새로운 화풍을 개발창조한 사람 중의 하나로서 산수 / 山水, 인물 / 人物, 화조 / 花鳥, 죽석 / 竹石, 안마 / 鞍馬 등등 기법에 정통하였으며 아울러 공필 / 工筆, 사의 / 寫意, 청록 / 靑綠, 수묵 / 水墨 등 기법에 모르는 바가 없었다.

그의 서법 또한 중국 서법역사에서 매우 중요한 자리를 차지하고 있다. 5살 때부터 조맹부 / 趙孟頫는 서법을 배우기 시작하였는데 죽기 직전까지 하루도 빠짐없이 임지 / 臨池하였는바 서법에 대한 애호는 그야말로 '정유독종 / 情有獨鍾'263)이라 할 수 있다. 그는 전 / 篆, 초 / 草, 예 / 隸, 진 / 眞, 행 / 行과 같은 여러 서체에 통달을 하였으며 특히 해서 / 楷書와 행서 / 行書로 세상에 알려졌다.
『원사 / 元史』에는 이런 기록이 있다.

 "맹부 / 孟頫는 전주분예진행초 / 篆籀分隸眞行草 여러 가지 서체
 모두가 세상에서 으뜸가는 천하 명필이었다."

원나라의 선우추 / 鮮于樞(1257 - 1302)는 그의 저서 『곤학재집 / 困學齋集』에서 이렇게 말하였다.

---

262) 遺逸: 유능한 사람이 등용되지 않아 한가하게 나날을 보낸다는 뜻이다.
263) 情有獨鍾: 鍾은 모이다. (聚)의 뜻이 있다. 오직 한 가지 일에만 마음을 쏟아 붓는 것을 情有獨鍾이라 한다.

자앙 / 子昻의 전 / 篆, 예 / 隸, 진 / 眞, 행 / 行, 전초 / 顚草는 천하
의 제일로 불릴 만큼 훌륭하며 그 가운데서도 소해 / 小楷가 으뜸
이다.

그의 서풍은 씩씩하면서도 풍치가 아름답고 뛰어나게 수려하며
결구가 엄밀하고 필법이 원숙하여 사람들은 '조체 / 趙體'라 불렀
다. 이렇게 되어 당나라의 안진경 / 顔眞卿, 유공권 / 柳公權, 구양
순 / 歐陽詢과 더불어 "중국해서4대가 / 中國楷書四大家"에 속하게
되었던 것이다.

조맹부 / 趙孟頫에 대해 가장 혹독한 비평을 한 것은 위에서도
언급하였듯이 명나라의 항목 / 項穆이다. 그는 『서법아언 / 書法雅
言』에서 이렇게 말했다.

자앙 / 子昻의 학문은 위로 륙 / 陸, 안 / 顔을 답습하였는데 골기가
약하여 마치도 그 사람과도 같다.264)
조자앙 / 趙孟頫의 서법은 온윤하고 한아하여 마치도 우군 / 右軍의
정통을 이어받은 것과도 같이 보이지만 연미 / 妍媚하고 섬유 / 纖
柔하여 유달리 굳세고 움직이지 않는 큰 大節이 결핍하다. 그리
하여 천수 / 天水에 살고 있는 소수민족들은 한 맺힌 적이 주는
선물마저도 달게 받는 것이다.265)

---

264) 明, 項穆, 『書法雅言.資學附評』: "子昻之學, 上擬陸, 顔, 骨氣乃弱, 酷似其人." 여
　　　기서 "學"은 서예를 말하는 것이고 陸은 初唐 서예가 陸柬之를 말하고 顔은 盛唐
　　　서예가 顔眞卿을 말하는 것이다. 運告譯註, 『明代書論』, (中國湖南美術出版社,
　　　2002. 11).
265) 明, 項穆, 『書法雅言・心相』: "趙孟頫之書, 溫潤閒雅, 似接右軍正脈之傳, 妍媚纖
　　　柔, 殊乏大節不奪之氣. 所以天水之裔, 甘心讐敵之祿也." 여기서 "右軍"은 중국의
　　　書聖으로 불리는 王羲之를 이르는 말이고 "裔"는 변강 지역에 살고 있는 소수민족을
　　　이르는 말이다. 사실상 項穆은 宋나라 官吏의 아들로 태어나서 元나라의 俸祿을 먹
　　　고 사는 趙孟頫에 대한 질책을 한 것이다.

송나라 황실의 후예로서 조맹부 / 趙孟頫는 송나라에서 20여 년
간 살면서 작은 벼슬을 하다가 宋이 멸망하자 원나라 백성이 되
었던 것이다. 하지만 원나라 임금의 두터운 총애를 받으며 일품관
직에까지 머물면서 일생을 마쳤다. 이렇게 되어 이신 / 貳臣이란
비난을 받게 되면서 "골기 없는 사람"으로 낙인 찍혔고 아울러
그의 서법도 사람과 같이 "연미 / 妍媚하고 섬유 / 纖柔"하여 "골기
없는 글씨"로 평가받게 되었다.

풍만 / 馮班(1602 - 1671)과 부산 / 傅山(1606 - 1684)도 조맹부 / 趙
孟頫에 대한 비난을 아끼지 않았다.

조문민(趙文敏, 조맹부의 별칭)은 골기 없는 사람이어서 그의 글자도
웅혼함이 없다.266)

우연히 조맹부 / 趙子昂의 『향광사 / 香光寺』 묵적 / 墨迹을 얻었는
데 그 필획이 원전 / 圓轉하면서도 유려 / 流麗하기에 임서하게 되
었다. 그런데 임서한 지 불과 몇 번 안 되어서 진짜와 가짜를 분
간할 수 없을 지경으로 써낼 수 있게 되었다. 이는 다름이 아니
라 사람이 정인군자를 배우려면 그 한 귀퉁이에도 이르기 힘들지
만 만약 도둑놈과 같이 있다면 하루 사이에 정신과 마음까지도
비슷하게 되는 것인데 이는 너나 나나 다를 바가 없기 때문이다.
그의 품행이 스스로 자기를 크게 천하게 하였는데 따라서 그의
서법도 천하고 속됨을 통분하게 생각한다. 마치도 서언왕 / 徐偃
王267)이 무골인 것처럼…… 이 시를 씀에도 여전히 조웅 / 趙態을

---

266) 淸, 馮班, 『鈍吟書要』: "趙文敏爲人少骨力, 故字無雄渾之氣."
267) 徐偃王: 史書에 따르면 중국 夏나라 시기 東夷의 盟主로 알려지는 徐偃王은 32대왕
   으로서 그가 잉태하여 10개월 만에 태어날 때 肉卵이었다고 한다. 그의 아버지는 불
   길한 징조라고 여겨 강가에 버리라고 명하였다. 그때 그의 집에서 기르는 鵠蒼이라
   불리는 개가 그 고깃덩이를 물고 집에 왔다. 물리고 찢긴 고기 알에서 남자애가 나왔
   는데 그가 바로 徐偃王이었다는 설이 있다. 傅山이 여기서 "如徐偃王之無骨"이라

이용하는 것은 후손들에게 다시는 나와 같은 오류를 범하지 않게 하기 위해서이다. 이것은 사람이 되는 하나의 도리를 알게 하는바 알아야 할 것은 조맹부 / 趙孟頫가 확실히 왕우군 / 王右軍을 열심히 배웠으나 그 학문이 바르지 않은 것은 어찌할 수 없었던 것이다. 그리하여 점차 연미 / 軟美의 길에 빠져들게 되었다. 이는 바로 마음이 손을 그렇게 하게 한 것이니 어찌 남의 눈을 속일 수 있으랴! 위험하도다! 위험하도다! 후손들은 부디 삼갈지어다.268)

상기 말은 조맹부 / 趙孟頫가 '이신 / 貳臣'이라는 '약점'을 틀어쥐고 그의 서법도 "그 사람과 같다."고 평가하면서 사람이 '무골 / 無骨'이니 그의 글도 따라서 '무골 / 無骨'이라고 한다.

구체적으로 사용한 단어를 보면 유 / 柔, 약 / 弱, 연미 / 軟美, 연미 / 姸媚와 같은 것이다. 상기 조맹부 / 趙孟頫의 글씨를 비평한 유가학자들도 그가 중국의 서성 / 書聖으로 불리는 왕희지 / 王羲之의 서법의 정통을 이어받았다는 것을 시인하였다. 사실상 왕희지의 글씨에서도 '연미 / 姸媚'의 미가 강렬히 안겨오는 것 또한 모든 서가들이 인정하는 것이다. 강 / 剛과 상반되는 이런 유 / 柔는 다른 미학적인 범주에 속하는 것으로써 조맹부 / 趙孟頫의 유 / 柔, 약 / 弱, 연미 / 軟美, 연미 / 姸媚는 또 다른 미적 향수를 사람들에게 주고 있다. 비평가들은 오로지 그가 '이신 / 貳臣'이라는 이유에서 사람과 함께 그 서법도 말살해 버리고 있는 것이다.

함은 곧 그가 肉卵에서 태어났음을 이르는 말이다.
268) 淸, 傅山, 『作字示兒孫詩注』: "偶得趙子昂香光詩墨迹, 愛其圓轉流麗, 逐臨之, 不數過而逐欲亂眞. 此無他, 則如人學彐正人君子, 只覺孤棱難近; 降而與匪人遊, 神情不覺日親日密, 而無爾我者然也. 行大薄其爲人, 痛惡其書淺俗, 如徐偃王之無骨…… 寫此仍用趙態, 令兒孫輩知之勿復犯, 此是作人一着, 然又須知趙却是用心于王右軍者, 只緣學問不正, 逐流軟美一途, 心手之不可欺也, 如此. 危哉, 危哉, 爾輩 愼之!"

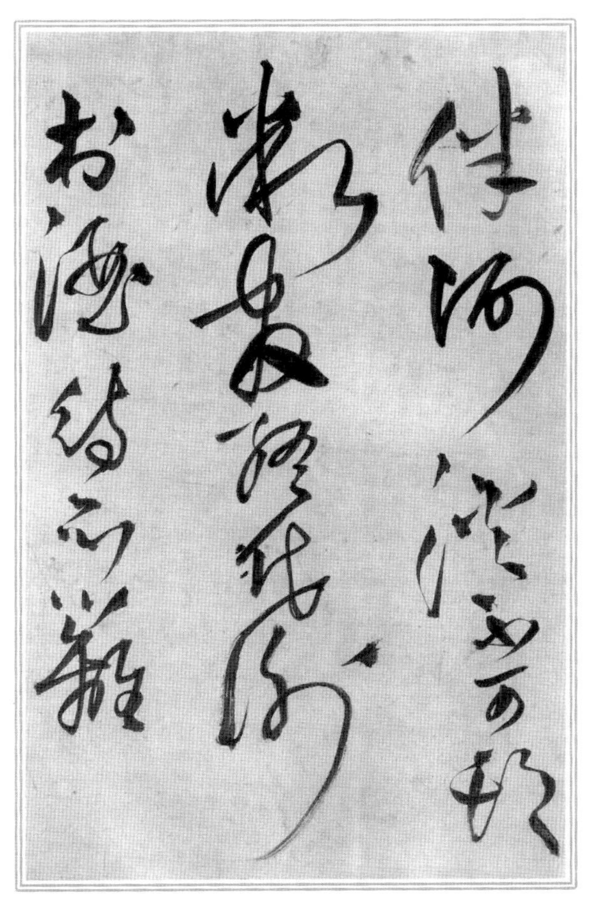

王鐸作品

2) 왕탁 / 王鐸의 서법에 대한 긍정

조맹부 / 趙孟頫와 같이 이신 / 貳臣이라는 오명을 쓰고 예술성과
도 함께 말살된 서가들이 많은데 그중에는 왕탁 / 王鐸도 있다.

왕탁 / 王鐸(1592 - 1652)은 하남 / 河南 맹진 / 孟津사람으로 명나
라 말기 청나라 초의 서가 / 書家이다. 그의 자는 각사 / 覺斯 또는
각지 / 覺之라고도 하였으며 호는 숭초 / 嵩樵, 십초 / 十樵라고 하
였다. 명나라 천계년간 / 天啓年間에 진사에 급제하여 예부상서 /
禮部尙書, 동각대학사 / 東閣大學士의 벼슬을 지냈다. 명나라가 망
하면서 청나라에 귀순하여 또 예부상서 / 禮部尙書의 벼슬을 한
그는 『청사열전 / 淸史列傳』에 '이신 / 貳臣'으로 낙인찍히면서 인
격은 땅바닥으로 떨어졌다.

> 명나라 조정에서 그 몸은 무사 / 膴仕269)에 진입하였는데 본 조정
> 이 새로 설립된 초기에 제일 먼저 귀순하여 다시 비루하게도 벼슬
> 을 하였는데 대절이 없으므로 참으로 사람으로서 하지 말아야 할
> 일을 하였다.270)

이렇게 그 당시에는 왕탁 / 王鐸과도 같은 사람을 사서 / 史書에
서 사람취급도 하지 않았다. 왕탁 / 王鐸의 서법은 왕희지 / 王羲之
의 전통을 이어받아 진 / 眞, 행 / 行, 초서 / 草書 등 여러 서체에서
아주 거대한 성과를 거두었는바, 조맹부 / 趙孟頫의 '연미 / 軟媚'한

---

269) 膴仕: 高官厚祿, 『詩經』, 「小雅 · 節南山」, "瑣瑣姻亞, 則無膴仕."
270) 『淸史列傳』, "在明朝身躋膴仕, 及本朝定鼎之初, 率先投順, 洊陟列卿, 大節有虧 實不齒
     于人類", 由智超, 『中國書法家全集 · 王鐸』, (中國, 河北教育出版社, 2002. 3), p.170.

서풍 / 書風과는 달리 주로 힘이 넘쳐 나는 서체를 구상하였으며 '강경 / 强勁'한 서풍 / 風格으로 세상에 이름을 남겼다. 특히 거폭의 작품에 창묵 / 漲墨을 잘 썼으며 초서 / 草書는 일필서 / 一筆書의 대표인물로 손꼽힌다. 그의 호방하고 창의적인 서법은 고금중외에 막대한 영향을 끼쳐왔는바, 중국서법사상 하나의 거대한 산으로 지목받고 있다.

하지만 정치생애의 오점은 씻을 수 없는 것으로서 그로 인하여 몇 백 년래 복잡하고도 쟁의가 많은 인물로 되게 하였다. 서풍은 비록 '강경 / 剛勁'하나 '이신 / 貳臣'이기 때문에 사람은 골기 / 骨氣 없다는 것이다. 이는 그야말로 서로 모순되는 점이 아닐 수 없다. 조맹부 / 趙孟頫의 서풍은 '연미 / 軟媚'하나 왕탁 / 王鐸의 서풍은 '강경 / 剛勁'한 탓에 사람은 비록 '골기 / 骨氣' 없으나 서법은 부정할 방법이 없었다. 왕탁 / 王鐸의 書法에 대한 평가가 상당히 많은데 그중 대표성적인 것을 例를 들면 아래와 같다.

> 명나라의 서학 / 書學은 유 / 柔 · 미 / 媚를 숭상하는 기풍이 성행했는데 왕탁 / 王鐸과 장서도 / 張瑞圖가 그 적습 / 積習을 깨고 기 / 氣 · 골 / 骨을 세웠는바 비록 입신 / 入神의 경지에까지는 도달하지 못했으나 불후의 이름을 남겼다고 할 수 있다.271)

> 왕각사 / 王覺斯의 인품은 퇴상 / 頹喪하지만 서법은 슬그머니 북송 대가의 풍격이 있다. 어찌 그의 인품으로 하여 서법을 폐할 수 있으랴.272)

---

271) 淸, 梁巘 『評書帖』, 由智超, 上揭書, p.182.
272) 淸, 吳德旋, 『初月樓論隨筆』: "王覺斯人品頹喪, 而作字居然有北宋大家之風, 豈以其人而廢之." 由智超, 上揭書, 같은 쪽.

왕각사 / 王覺斯 탁 / 鐸의 서법은 박력이 있고 침웅 / 沈雄하여 구
학 / 丘壑과도 같이 준위 / 峻偉하다.273)

이렇듯 왕탁 / 王鐸의 서법에 대한 평가는 조맹부 / 趙孟頫의 서
법에 대한 평가와는 판이하게 기골이 있고 힘 있는 풍격의 소유
자라는 것이 보편적인 결론이다.

조맹부 / 趙孟頫와 왕탁 / 王鐸은 모두 '이신 / 貳臣'이라는 오명
을 쓰고 골기 없는 인간으로 취급을 받은 사람이다. 하지만 두 사
람의 서법에 대한 품평은 판이한바 사람들에게 많은 사색의 여운
을 남기고 있다.

---

273) 淸, 秦祖永, 『梧陰論畵』: "王覺斯鐸, 魄力沈雄, 丘壑峻偉.", 由智超, 上揭書, 같은 쪽.

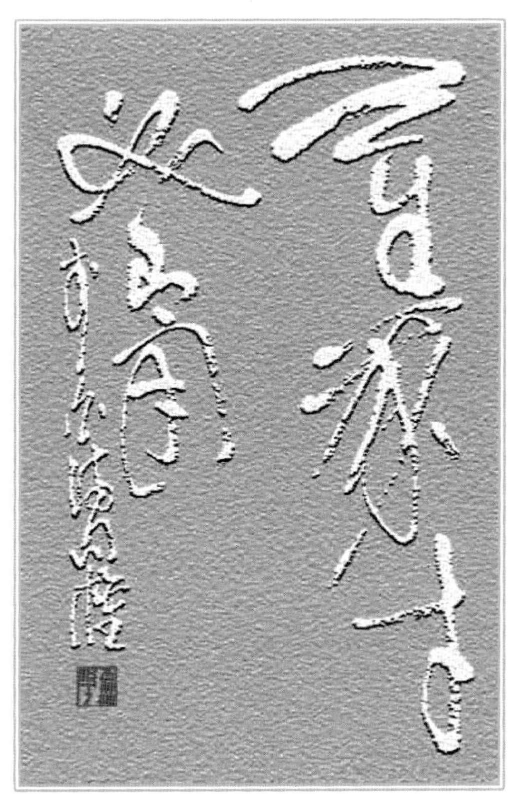

徐權 − 05'

V. 맺는 말

뿌리 깊은 유가심미사상이 중국서법에 미친 영향은 심원한 것인바, 서사활동이 '서법예술'로 승화할 수 있게 된 중요한 원인의 하나이다. 따라서 '서법'과 관련된 모든 것 속에 유가심미사상이 침투되어 있다고 하여도 과언이 아니다. 본문에서 논한 것을 각 장절로 살펴보면 아래와 같다.

첫째, 공자의 학설은 이미 세계에서 중국문화의 대명사로 되어 버렸는데 이는 '공자'가 유가심미사상의 근간을 이루기 때문이며 중국 내지는 동양철학사상에 심원한 영향을 끼쳤기 때문이다.

공자는 인인군자／仁人君子로 되려면 반드시 먼저 도를 배움을 그 지향하는 바로 삼아 그 다음 덕에 따라야 하며 그 다음으로 인／仁에 의지하며 마지막으로 각종 예／藝에 관한 일을 두루 돌아보고 관찰하여야 한다고 생각하였다. 공자미학의 가장 뚜렷한 특징은 개인의 심리 욕구와 사회의 윤리규범의 융합일치를 이루는 것에 그 목적을 둔 것이다. 하지만 공자는 '미／美'를 멀리하거나 '선／善'을 배척하지 않았으며 반대로 '진선진미／盡善盡美'할 것을 요구하였다. 이러한 이상적인 미／美는 역시 단순하게 선／善에 복종하거나 선／善에 예속되는 것이 아니며 '진선／眞善'이 곧 '진미／眞美'와 같다거나 혹은 '진선／眞善'하기만 하면 미／美가 이상적인 수준에 도달했는지의 여부는 별 관계가 없다는 것이 아니다. 반대로 미/美와 선/善 두 가지가 모두 다 지극해야만 이상적인 수준에 도달할 수 있다는 것을 말해 주고 있다.

군자의 수양에 대하여 공자는 '문질빈빈/文質彬彬'할 것을 요구하였는데 '문/文'은 형식적인 '미/美'와 같은 것이고 '질/質'은 내재적인 '선/善'과 다름이 없다. 이 밖에 공자는 '시언지/詩言志', '유어예/游於藝', '회사후소/繪事後素' 등 문화예술과 직접적인 관련이 있는 이론을 발표하였는데 후세에 막대한 영향을 끼쳤다.

공자의 심미사상은 '중용사상'으로 귀결되는데 그의 사상체계를 이어받은 후세의 유가학자 및 경전, 이를테면 맹자와 순자,『주역』과 『악기』에서도 잘 드러나고 있다. 맹자는 "마음으로 뜻을 받아들인다."는 견해를 주장하였으며 시를 읽을 때 "사람됨을 알고 시대를 논해야 한다."는 주장을 펼쳤다. 이러한 사상은 후세의 서법 비평에서 서품과 인품을 같은 표준에 놓고 품평하는 데에 직접적인 영향을 끼쳤다고 할 수 있다. 맹자의 또 다른 심미사상은 '호연지기/浩然之氣'라고 할 수 있는데 그는 "충만히 채워져 있는 것을 아름답다고 한다."라는 심미관점을 제기하였다. 이런 '호연지기'는 후세의 '골기'와 직접적으로 연관되는 것이다.

순자의 심미관점은 주로 "완전하지 못한 것은 아름답지 않다."라는 견해에서 나타나는데 이는 공자의 '진선진미/盡善盡美'와 다르지 않다. 순자의 또 다른 심미사상은 인륜과 직접적인 연관을 이루는 "권세와 이익도 마음을 기울지 못한다."인바 후세의 '이신/貳臣'에 대한 가혹한 批判이 이루어지는 근원의 하나이다.

『주역』과 『악기』는 선진유가사상을 대표하고 있는 저작이라고 하여도 과언이 아닐 정도로 후세에 막대한 영향력을 끼치고 있다. 『주역』에 나타나는 미학의 의미를 지닌 개념, 범주는 상당히 광범위하게 심미와 예술창조의 특징에 대한 주요한 문제들에 대해 심오한 사상을 언급하고 있다. 이는 특히 선진유가／先秦儒家 미학에 나타나는 것들이다. 일반적으로 선진유가／先秦儒家의 미학에서 가장 중시하는 것은 심미와 예술을 사회의 정치, 윤理, 도덕과 관련짓고 이것으로 거듭 토론함에 있어 가장 중요한 문제가 되어 왔다. 심미와 예술 자체가 어떤 특징을 지니고 있는지에 대해서는 깊이 있는 탐구가 이루어지지 않았다. 유가미학에서 중요한 가치를 지니고 있는 『악기』를 포함하여 모두가 이러한 결점이 있다.

둘째, 중국에서 서사활동이 예술로 승화할 수 있었던 것은 한자가 있었기 때문이며 아울러 한자 속에 무한한 인본주의 사상을 내포하고 있기 때문이다. "우러러 위로는 하늘에서 본을 떴고 숙여서 아래로는 땅에서 본받아서" 만들어진 한자는 곧 "왕자의 조정에서 교화를 선양하여 밝힌다는 것과 같이 지극히 존엄한 의의를 가지"게 되었는데 그 이유는 다음과 같다.

중국인의 근본사상은 옛날부터 '상／象'과 '의／意'가 밀접하게 연관되어 있었다. 유가심미사상의 주체를 이루는 '인／仁'을 문자학적으로 고찰한 결과 다름이 아닌 '인／人'이라는 것을 알 수 있다. 다시 말하면 형식적인 사람 '인／人'의 '상／象'은 내재적인 '인／仁'으로 나타나고 있는 것이다. '인／仁'은 문자학적인 의미나 유가적인 의미를 막론하고 모두 '생생불식／生生不息'의 이치를 나타내고 있는 '핵심／核心' – '심／心'과 다름이 없다. 결과적으로 사람이 '천지지심 / 天地之心'으로 될 수밖에 없으며 그러하기 때문에 "사람이 도를 크게 할 수 있는 것이지 도가 사람을 크게 하는 것은 아니다."라고 공자는 말하였던 것이다. 유가의 미학적 관점으로 놓고 볼 때 문학·예술의 진정한 가치는 그 주제와 내용에 있는데 이로부터 알 수 있는바 유가의 심미관점도 바로 그 기초 위에서 세워졌기 때문에 작품의 '내용'을 주요 심미대상으로 하고 있는 것이다. 그리하여 '서 / 書'의 주요 기능은 '도'를 담는 것이다.

한자가 서법예술의 중요한 구성요소 중의 하나라면 용필 / 用筆과 결체 / 結體 또한 서법예술에서 빼놓을 수가 없는 중요한 구성요소이다. "자획이 처음 만들어질 때 조적 / 鳥跡에서 기인"하였는데 날렵한 '한 / 翰'으로 만들어진 붓으로 표현하는 것이 제일 용이하였을 것이다. '한묵 / 翰墨'이 서법의 주요 수단이 된 것도 바로 그것 때문이다. 용필 / 用筆에서 제일 중요한 것은 '의경 / 意境'인데 "의경 / 意境은 인간과 자연, 사물과 나 경 / 景과 정 / 情의 통일이다. 자연의 경물은 객관적인 것으로 경물에 감동되어 정감이 일어나고 정감은 객관적인 것으로 경물에 의지하여 뜻을 나타낸다. 정 / 情과 경 / 景, 물 / 物과 나, 객관과 주관이 혼연일체된 의상 / 意象이 바로 의경 / 意境이다." 이러한 용필 / 用筆의 오묘함은 바로 마음에서 비롯된다.

송대의 소식 / 蘇軾은 그의 저서 『논서 / 論書』에서 "서 / 書는 반드시 신 / 神·기 / 氣·골 / 骨·혈 / 血·육 / 肉이 다섯 가지가 겸비하여야 하지 하나가 모자라도 서 / 書를 이룰 수 없다."라고 하였는데 이 신 / 神·기 / 氣·골 / 骨·혈 / 血·육 / 肉 다섯 가지는 바로 서법의 '체/體'를 이루는 중요한 요소로 작용하고 있다. 그 중에서도 '근골/筋骨'이 제일 중요한바, 역사상에서는 당나라의 저명한 서법가인 안진경/顔眞卿과 유공권/柳公權의 서법을 '안근유골/顔筋柳骨'이라고 칭송하면서 모든 서법가들이 따라 배울 '체/體'로 높이 받들고 있다. 그 이유는 다름이 아니라 그들의 서체가 신/神·기/氣·골/骨·혈/血·육/肉이 구비되었을 뿐만 아니라 그 사람도 바르고 강직하기 때문에 역사적으로 '충신'의 본보기로 손색이 없었기 때문이다.

"서/書, 여야/如也."라고 하였는데 '서/書'를 이루고 있는 한자/漢字－용필/用筆－결체/結體 모두가 '인/人·인/仁'과 '불일이불이/不一而不二'의 관계를 형성하고 있기 때문에 '서/書'가 본받는 것(如)은 곧 '인/人·인/仁'과 다름이 없다.

서법이라는 '법/法'도 기술이나 기법의 '법/法'이 아니고 '방효/倣效'의 뜻으로 역시 '본받음'의 의미가 다분하다. 결과적으로 '서法'이란 '본받음'인데 이것이 바로 중국인들이 '서예' 혹은 '서도'라고 부르지 않고 '서법'이라고 부르는 이유 중의 하나이다.

서법은 예술이다. 유가에서 말하는 예술의 의미는 '개인의 인격에 인/仁을 심음'으로써 사람들로 하여금 내재적인 즐거움에서 아름다움을 찾고 즐거이 '인/仁'을 향하게 하여 '도'에 이르는 한가지 수단(術)이다. 서법예술은 서구적인 미학의 의미에서 보는 점이나 선 혹은 면으로 이루어지는 기교위주의 형식적인 예술이라고 할 때 그것은 서법의 하위개념에 속하는 것이다. 반대로 기법이나 기교 같은 것을 '도'에 이르는 일종 '말기/末技' 혹은 '소기/小技'라고 하는 보조적인 수단에 불과하다고 생각하는 유가의 의미에서 보는 서법이야말로 진정한 상위개념의 예술인 것이다.

셋째, 유가심미사상이 중국서법에 미친 영향은 지대한 것인바 비록 '서법예술'이라는 상위개념을 건립하는 데는 적극적인 일조를 하였지만 서법비평에서는 그 한계가 잘 노출되고 있다. 서법비평은 일반적으로 한대 / 漢代의 양웅 / 楊雄에게서 시작되었다고 보고 있다. 유가사상의 합리적이고 진보적인 면을 계승 발전시켰고 또 나름대로 유가사상의 속박에서 벗어나려는 기개를 지녔던 양웅 / 楊雄은 "말은 심성 / 心聲이고 서 / 書는 심화 / 心畵이기 때문에 그 소리와 그림의 모습으로 소인과 군자가 구별된다."라고 주장하였는데 이것이 바로 '서 / 書'와 '심 / 心' 그리고 사람(小人, 君子) 삼자의 관계를 처음으로 규정짓고 정의를 내린 것이다. '심화 / 心畵'의 영향을 받은 후세의 서가 / 書家와 비평가들은 '심정즉필정 / 心正則筆正', '서자 / 書者, 심야 / 心也.', '서여기인 / 書如其人' 등등과 심도 깊은 이론들을 탐구하게 되었다. 이와 같이 '심 / 心'과 '서 / 書'의 관계론에서 나타난 서법비평은 곧 서품과 인품을 불가분의 관계로 몰고 가면서 소위 '미'와 '선'의 조화문제의 해결은 드디어 극단으로 치닫게 되었다.

역사적으로 이신 / 貳臣이라는 오명을 쓴 서법대가 중에는 조맹부 / 趙孟頫와 왕탁 / 王鐸도 있는데 둘 다 '골기' 없는 사람으로 취급을 받았다. 조맹부 / 趙孟頫와 왕탁 / 王鐸의 서법은 직접 서성 / 書聖 왕희지 / 王羲之의 서법을 배웠지만 조맹부 / 趙孟頫는 연미 / 姸媚한 풍격, 왕탁 / 王鐸은 강의한 풍격을 所有하게 되었다. 조맹부 / 趙孟頫가 연미 / 姸嵋의 서풍을 갖추게 되자 '貳臣'이기 때문에 '骨氣'가 없다느니 '無骨'이라느니 온갖 비난들이 다 쏟아졌다.

하지만 똑같은 '貳臣'이지만 王鐸의 書風은 剛毅한 것이기에 贊反의 論難이 지금도 계속되고 있다.

결과적으로 유가심미사상은 서법예술과 '인 / 仁 · 인 / 人'을 긴밀히 연관시켜 불일이불이 / 不一而不二, 불즉불리 / 不卽不離의 관계로 부각시켰으며 생생불식 / 生生不息의 이치로 간주하게 하였다. 그리하여 서가 / 書家에게 글씨를 잘 쓸 뿐만 아니라 심후한 학식도 있어야 하며 완미한 품행과 양호한 도덕수양을 갖출 것을 요구하였다. 그리하여 서법 속에 내포한 '인 / 仁 · 인 / 人'이 서법의 형식이나 기교보다 우위에 있다고 생각하였으며 절대적인 이치처럼 간주되는 '서여기인 / 書如其人'이라는 품평기준이 생겨나고 자리 잡게 되었으며 이는 사회의 화해발전을 도모하는 한편 많은 사상적인 혼란도 가져다주었다.

유가심미사상의 의미에서 말하는 '서위심화 / 書爲心畫'나 '서여기인 / 書如其人'은 서법예술의 '내면세계'만 언급한 것이지 서법의 외재적인 형식미에 대해서는 아무런 언급도 하지 못하고 있다. 서법은 내재적인 '인 / 仁'과 연관되는 '선 / 善'이나 '질 / 質'이 있는가 하면 '문자조형예술'이라는 소홀히 할 수 없는 형식적인 '문 / 文'과 '미 / 美'가 있다.

서법을 단지 내재적인 '선 / 善'과 '질 / 質'에만 국한시키는 '서여기인 / 書如其人'과 같은 비평방법은 '진선진미 / 盡善盡美' 혹은 '문질빈빈 / 文質彬彬'의 중화미를 제창하였던 유가미학의 선구자인 공자의 심미사상에 위배되는 것이다.

徐權 – 06’

參考文獻

1. 原典類

『論語』

『孟子』

『荀子』

『莊子』

『周易』

『周禮』

『中庸』

『樂記』

『詩經』

『史記』

『朱熹』

『道德經』

『韓非子』

『舊唐書』

『孔子家語』

『宣和書譜』

『唐詩宋詞』

『春秋繁錄』

『世說新語』

『淸史列傳』

漢・許愼,『說文解字』

淸・段玉載,『說文解字注』

宋・周敦頤,『通書・文辭』

2. 字典類

『字彙』
『玉篇』
『正音』
『廣韻』
『韻會』
『廣雅疏證』
『康熙字典』
『漢語大字典』

3. 單行本

1) 國 文

김형효, 『하이데거와 화엄의 사유』, 청계출판사, 2002.

김동길 · 허호구, 『朱注論語』, 創知社, 1992.

東洋古典硏究會, 『論語』, 知識産業社, 2004.

李澤厚 지음, 尹壽榮 옮김 『美의 旅程』, 동문선, 1991.

李澤厚 · 劉綱紀 / 權德周 · 由智超 · 金勝心, 『中國美學史』, 대한교과서주식
　　　회사, 2001.

李澤厚 / 權瑚, 『華夏美學』, 同文選文藝新書21, 1994.

宋民著 / 곽노봉 역, 『中國書法美學』, 동문선, 1998.

송하경, 『서예미학과 신서예정신』, 도서출판다운샘, 2003.

심윤묵 / 곽노봉, 『서법논총』, 동문선, 1993.

神田喜一郎 / 최장윤, 『中國書道史』, 운림당, 1985.

이승환, 『유가사상의 사회적 재조명』, 고려대출판사, 1998.

劉熙載, 『書槪』, 운림당, 1986.

이상우, 『동양미학론』, 시공사, 2002.

吳明南, 『書論精髓』, 美術文化院, 2003.

오병남, 『미학강의』, 서울대학교출판부, 2006.

양정동, 『동양철학의 기초적 연구』, 성균관대학교출판부, 1986.

안병주, 전호근 공역, 『역주장자』, 전통문화연구회, 2001.

정태희, 『중국서예의 이해』, 원광대출판국, 1996.

정범진, 『중국미학사』, 학연사, 2001.

조민환, 『중국철학과 예술정신』, 예문서원, 1998.

周來祥 저, 남석헌 옮김, 『中國古典美學』, 미진사, 2003.

최영찬 외, 『동양철학과 문자학』, 아카넷, 2005.

2) 中 文

王寧等, 『說文解字與中國古代文化』, 遼寧人民出版社, 2000.

張震澤, 『許愼年譜』, 遼寧大學出版社, 2000.

張彦遠, 『歷代名畫記』, 台北, 文史哲出版社, 民國63年.

『西方美學家論美和美感』, 中國, 商務印書館, 1980.

宋民, 『中國書法美學』, 北京體育學院出版社, 1989.

李澤厚, 『美的歷程』, 北京, 文物出版社, 1986.

李敦柱, 『漢字學總論』, 博英社, 1979.

潘運告, 『明代書論』, 湖南美術出版社, 2002.

潘運告, 『淸代書論』, 湖南美術出版社, 2002.

潘運告, 『唐代書論』, 湖南美術出版社, 2002.

潘運告, 『宋代書論』, 湖南美術出版社, 2002.

潘運告, 『先秦, 漢代書論』, 湖南美術出版社, 2002.

潘立勇, 『審美人文精神論』, 浙江大學出版社, 1996.

徐復觀, 『中國藝術精神』, 台北, 學生書局, 民國62年.

金學智, 『中國書法美學』, 江蘇文藝出版社, 1997.

楊家駱, 『宋人題跋(上)』, (臺灣, 世界書局印行, 民國63).

熊秉明, 『中國書法理論』, 天津敎育出版社, 2002.

由智超, 『中國書法家全集·王鐸』, 中國, 河北敎育出版社, 2002.

蘇軾, 『東坡集, (卷1), 臺灣, 河洛圖書出版公司, 1983.

王德勝, 『中國美學』, 中國, 商務印書館, 2004.

崔自默, 『爲道日損』, 中國, 人民美術出版社, 2005.

中國書學硏究交流會, 『書學論集』, 上海書畫出版社, 1985.

戴小京 主編, 『書法硏究』, 上海書畫出版社, 1994.

4. 論 文

姜明順, 「『洛成飛龍』 書體의 儒家美學的 考察」, 석사학위논문,
　　　　　성균관대학교 유학대학원, 2003.
김병기, 「書法, 書道, 書藝, 어떤 명칭을 사용할 것인가」, 『서예학연구』,
　　　　　제10호, 2006.
문승용, 「'繪事後素' 考」, 『세계문학비교연구』, 세계문학비교연구학회,
　　　　　2006.
박춘성, 「서여기인론연구」, 석사학위논문, 원광대학교, 1996.
서영근, 「說文部首誤字謬研究」, 석사학위논문, 제주대학교, 2003.
심현섭, 「孔子禮樂思想의 美的 探究」, 『儒家思想研究』 제5집, 한국유교학회,
　　　　　2006.
신윤구, 「공자의 중용사상에 대한 연구」, 『동서철학연구』 제3호, 한국동서
　　　　　철학회.
신은숙, 「능호관 이인상의 예술정신 연구」, 석사학위논문, 성균관대학교
　　　　　유학대학원, 2004.
「中國美術報 - 電子版」, 2005. 06. 11, 星期六.
崔暎敏, 「項穆의 『書法雅言』 研究」, 석사학위논문, 성균관대학교 유학대학원,
　　　　　2001.
장경숙, 「노장사상에 나타난 道의 예술정신」, 석사학위논문, 제주대학교,
　　　　　2006.
李在玉, 「退溪李況의 審美意識에 關한 研究」, 박사학위논문, 한남대학교,
　　　　　2005.
이경자, 「포암 강세황의 예술정신고찰」, 석사학위논문, 성균관대학교 유학
　　　　　대학원, 2004.

▌약 력

濟州大學校一般大學院 哲學科 碩士卒業

濟州大學校一般大學院 中語中文學科 博士科程

現) 水原女子大學 藝術學部 專任講師

前) 延邊大學師範分院 書藝敎師

유가와 한자 그리고 서법

초판인쇄 | 2008년 12월 8일
초판발행 | 2008년 12월 8일

지은이 | 서권
펴낸이 | 채종준
펴낸곳 | 한국학술정보㈜
주 소 | 경기도 파주시 교하읍 문발리 513-5 파주출판문화정보산업단지
전 화 | 031) 908-3181(대표)
팩 스 | 031) 908-3189
홈페이지 | http://www.kstudy.com
E-mail | 출판사업부 publish@kstudy.com

등 록 | 제일사 115호(2000. 6. 19)
가 격 | 22,000

ISBN 978-89-534-7697-4 93820 (Paper Book)
     978-89-534-7698-1 98820 (e-Book)